了不起的中国传统文化 美绘版

趣读 封神演义

何家欢/编著　布谷插画/绘

1

山西出版传媒集团　三晋出版社

图书在版编目（ＣＩＰ）数据

趣读封神演义：何家欢编著；布谷插画绘 . -- 太原：三晋出版社，2024.1
（了不起的中国传统文化：美绘版）
ISBN 978-7-5457-2798-2

Ⅰ . ①趣… Ⅱ . ①何… ②布… Ⅲ . ①《封神演义》—少儿读物 Ⅳ . ① I242.4

中国国家版本馆 CIP 数据核字 (2024) 第 033431 号

趣读封神演义（全 6 册）

编　　著：何家欢
绘　　者：布谷插画
责任编辑：薛勇强
助理编辑：张靖爽

出 版 者：山西出版传媒集团·三晋出版社
地　　址：太原市建设南路 21 号
电　　话：0351—4956036（总编室）
　　　　　0351—4922203（印制部）
网　　址：http://www.sjcbs.cn

经 销 者：新华书店
承 印 者：雅迪云印（天津）科技有限公司

开　　本：787mm×1092mm　1/16
印　　张：15
字　　数：225 千字
版　　次：2024 年 1 月第 1 版
印　　次：2024 年 6 月第 1 次印刷
书　　号：ISBN978-7-5457-2798-2
定　　价：158.00 元（全 6 册）

如有印装质量问题，请与本社发行部联系　电话：0351—4922268

目录

祸起女娲宫

　　三千六百多年前，中国历史上的第二个朝代商朝建立了。在商朝几代帝王的治理下，天下一片太平盛世。商纣（zhòu）王即位后，看到天下如此太平，不免狂妄（wàng）自大起来。

　　一天，纣王带着文武百官到**女娲**（wā）宫进香。纣王经过女娲娘娘的神像旁，见神像美貌非凡，顿时心生爱慕，起了歪心思，竟然在墙上题了一首诗，想让女娲娘娘做自己的妃子。

　　大臣看到后，慌忙劝道："大王，女娲娘娘可是**上古**的神明，你这样是大不敬啊！"

纣王却不以为然："我的诗明明是在赞美女娲娘娘的美貌，有什么大不敬的？"

女娲娘娘回到自己的宫中，一抬头便看到了纣王在墙上题的诗，顿时怒火中烧："好你个昏君，不去好好治理朝政，竟敢在我的宫中写这些亵渎（xiè dú）之辞，看我怎么收拾你！"

但得妖娆能举动

取回长乐侍君王

女娲 中国上古神话中的创世女神，有女娲补天、女娲造人的神话传说。

上古 指文字记载出现以前的历史时代，一般指夏朝以前的时代。

03

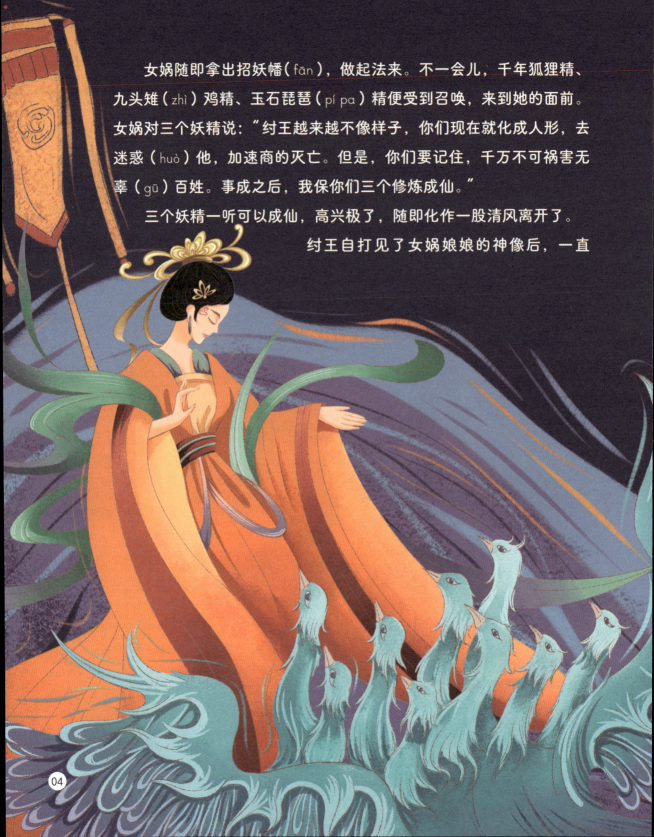

女娲随即拿出招妖幡（fān），做起法来。不一会儿，千年狐狸精、九头雉（zhì）鸡精、玉石琵琶（pí pa）精便受到召唤，来到她的面前。女娲对三个妖精说："纣王越来越不像样子，你们现在就化成人形，去迷惑（huò）他，加速商的灭亡。但是，你们要记住，千万不可祸害无辜（gū）百姓。事成之后，我保你们三个修炼成仙。"

三个妖精一听可以成仙，高兴极了，随即化作一股清风离开了。

纣王自打见了女娲娘娘的神像后，一直

魂（hún）牵梦绕，一心想
着从民间选些美女进宫。可
是，大臣们却连连劝阻，说如此
大张旗鼓必然会招致百姓的不满。

　　纣王只好把自己的心腹费仲（zhòng）找来帮
忙出主意。费仲最能揣度（duó）纣王的心意，他眼
珠一转，说："大王，臣听说苏护有个女儿，名叫妲（dá）
己，貌若天仙，不如把她招进宫中，这样既不打扰百姓，你
又能有美人在侧。"

　　纣王一听，连连点头称赞："快招苏护进宫！"

　　苏护进宫面见纣王，听到纣王要选自己的女儿为妃，不由得倒吸了一
口凉气，他深知伴君如伴虎，更何况纣王又是一个贪婪（lán）好色之人。
于是，他连忙说道："大王后宫佳丽众多，小女无才无貌，进宫服侍大王
岂不是**贻**（yí）**笑大方**。"

　　　　纣王劝道："如果你的女儿成了我的妃子，那你就是皇亲国
戚（qī）了，荣华富贵享（xiǎng）之不尽，这不是好事一桩吗？"

大张旗鼓 形容活动的声
势和规模很大。

贻笑大方 让见识广博的
或者内行的人笑话。常用作
贬义词。

苏护为人正直，从不攀（pān）附权贵，正是因为如此，才得罪了费仲，让他找到机会给纣王出了这么一个馊（sōu）主意。苏护见纣王这般模样，立马严肃地说道："大王，当年夏朝灭亡就是因为君王沉迷女色，你可不要走**桀**（jié）的老路呀！"

纣王听后大怒："我是大王，你是臣子，别说是要你的女儿进宫，就算是要你的命，你也得乖乖给我交出来！"说罢，就要下令处死苏护。

费仲连忙在一旁劝道："大王，万万不可！你如果因为这点儿事杀了苏护，天下百姓一定会笑话你的。莫不如把苏护放回去，等他冷静下来，一定会感念你的恩德，把女儿送来。"

纣王只好强忍着心头的怒火，把苏护放了回去。然而，苏护并没有领情，刚一出**朝**（zhāo）**歌**，就在城门口写了首反诗："君坏臣纲，有败五常。冀（jì）州苏护，永不朝商。"

纣王知道后顿时气得火冒三丈，立即下令，命北伯侯（hóu）崇（chóng）侯虎去冀州讨伐（fá）苏护。

桀	夏朝末代的君主，历史上有名的暴君。
朝歌	商朝的国都，位于现在的河南鹤壁市。

妲己进宫

崇侯虎奉（fèng）纣王之命，率领五万人马来到冀州讨伐苏护。苏护派长子苏全忠率兵前去应战。两军交战，打了一天一夜，崇侯虎的军队败下阵来。正当苏全忠准备**鸣金收兵**之时，崇侯虎的弟弟崇黑虎带着人马赶来帮助崇侯虎。

鸣金收兵 用敲锣（luó）等方式发出信号撤兵回营，比喻战斗暂时结束。

心急如焚 内心十分焦急，像火烧一样。

　　崇黑虎不仅武艺高超，而且精通法术，只见他摘下背后红葫芦的盖子，念起咒（zhòu）语，一道黑烟从葫芦里冒了出来，犹如一张巨网，笼罩在大地上。正当将士们震惊之际，一群铁嘴神鹰突然从黑烟中冲了出来，啄（zhuó）伤了战马的眼睛。苏全忠的战马疼痛受惊，嘶鸣一声，将他掀（xiān）翻在地。

　　苏全忠被崇黑虎抓回了大营，苏护得知消息心急如焚（fén），一时不知如何是好。这时，督粮官郑伦主动要求上战场。郑伦身穿大红袍，手持两根降魔杵（chǔ）。只见他将降魔杵一挥，三千乌鸦兵瞬间像乌云一样飞来。崇黑虎头一次见此阵仗，还没等他反应过来，只听一声巨响，两道白光从郑伦的鼻孔喷射出来。崇黑虎被白光一照，瞬间失了神，重心不稳，从马上摔了下来。

崇黑虎被五花大绑押（yā）到了苏护面前，可是苏护非但没有为难他，反而亲自为他松绑。苏护本就不想与纣王为敌，经过连日交战，双方均已损伤惨重。而且，苏护也实在不忍心让冀州的百姓再受战乱之苦，思来想去，决定亲自将女儿送去朝歌，以此来平息战事。

崇黑虎很敬佩苏护的仁德，回营后就劝说兄长将苏全忠放了。

苏护将冀州的政务安排妥（tuǒ）当后便亲自护送女儿前往朝歌。

几天后，苏护一行人来到恩州，想要在当地的<mark>驿</mark>（yì）<mark>站</mark>留宿一晚。可是驿站的人却神秘地对苏护说："大人，这里三年前出过一个妖精，打那之后，就没人敢在这儿住了，你最好还是另找个地方。"

苏护"哼"了一声，说："我们这么多人，还怕什么妖精？"

苏护嘴上这么说，心里却还是有些忌惮（dàn），他把女儿安排在最里面的屋子，并派重兵将驿站团团围住，而自己则在大厅挑灯读书，时刻保持着警惕（tì）。

夜里，苏护忽然感到一阵阴风袭（xí）来，吹得他<mark>毛骨悚</mark>（sǒng）<mark>然</mark>。这时，只听见门外有人大喊一声："妖精来了！"

苏护急忙拿起灯，快步走出大厅，来到女儿床前，关切地问道："刚才刮来一阵妖风，你见到妖精了吗？"

驿站 古代供传递政府文书的官员中途更换马匹或休息、住宿的场所。

毛骨悚然 因为恐惧而汗毛竖起，脊梁骨发冷。

妲己说："父亲安心，我只听见有人喊'妖精来了'，并没看到什么妖精。"

苏护这才松了口气，说："看来是**虚惊一场**，没有吓到你就好，你继续睡吧！"

离开女儿的房间后，苏护却再也不敢入睡，整夜都在驿站周围来回巡视，生怕再有任何状况发生。

可是，苏护不知道的是，刚刚和他说话的正是千年狐狸精，真的妲己已经死了，妖精占据了妲己的身体。

虚惊一场 事情结束后才知道是不必要的惊慌。

毫不知情的苏护护送着狐妖妲己一路来到朝歌。纣王见到妲己，顿时为她的美貌所倾倒，封她为妃，还赦（shè）免了苏护的造反之罪，并对他大加封赏。

姜王后蒙冤受难

　　自从妲己入宫后，纣王便终日沉迷于女色，不理朝政，对政事时常敷衍（fū yǎn）了事。

　　杜太师看在眼里，急在心上。他夜观星象，发现有一股妖气在宫殿上空盘旋（xuán），便上书奏（zòu）请纣王，说宫殿上空有妖气，请他千万不要被妖精迷惑，万事以江山社稷（jì）为重。

纣王和妲己说起这件事，妲己说："大王，宫中怎么会有妖气？我倒觉得是他在**妖言惑众**，这样的话要是传到百姓的耳朵里，说不定会造成怎样的恐慌呢！对于这种造谣之人，就应该除之而后快！"

纣王觉得妲己说得很有道理，立即下令要将杜太师斩首示众。

上大夫梅伯听说后，心中又气又急，直奔王宫，恳请纣王赦免杜太师。纣王哪里肯听他的意见，梅伯情急之下，也顾不上君臣之礼，指着纣王的鼻子呵斥（hē chì）道："昏君啊，天下迟早要毁在你的手中！"

纣王气得火冒三丈，要把梅伯一并处死。妲己却说："大王，他身为臣子，竟敢如此当面侮辱（wǔ rǔ）大王，直接处死岂不便宜他了？"

江山社稷 江山即国家，社、稷分别指土神、谷神，土和谷滋（zī）养世间万物，故以社稷指代国家。

妖言惑众 用荒谬（miù）不堪的话迷惑大众。

15

"美人，难道你有什么更好的方法来惩罚（chéng fá）他？"纣王问。

妲己微微一笑，说："应处以炮烙（páo luò）之刑。"

纣王听了妲己的话，连忙命人去赶制炮烙的刑具。

行刑当天，大殿上站满了文武百官，他们看到大殿上伫（zhù）立着二十根铜柱，不知纣王是何意。

纣王一声令下，几个侍卫点燃炭火，将铜柱烧得通红。这时，已经受尽折磨的梅伯被带了上来。

纣王厉（lì）声道："梅伯，你辱骂本王，以下犯上，今天就让你尝尝这炮烙之刑的滋味。"

梅伯说："我身为**三朝元老**，如今竟落得如此下场！我梅伯死不足惜，只可惜**成汤**江山就要葬送在你这昏君手中了！"

纣王见梅伯死到临头，还在骂个不停，立即命人将梅伯绑在烧红的铜柱上。不一会儿，梅伯便化成了灰烬（jìn）。

文武百官见到梅伯的惨状，顿时**人人自危**，不敢再多说一句。

姜王后知道这件事后很是心急。一天，她来到寿仙宫，看到纣王和妲己正在饮酒作乐，说："大王不理朝政，每天喝得醉醺（xūn）醺的，如今又听信谗（chán）言，杀害忠良，再这样下去，怕是离亡国不远了！"说完便转身而去。

三朝元老 曾经受到三代帝王重用的臣子。

成汤 商朝的第一代君王，他灭掉夏朝，建立商朝。

人人自危 每个人都感觉自己有危险。

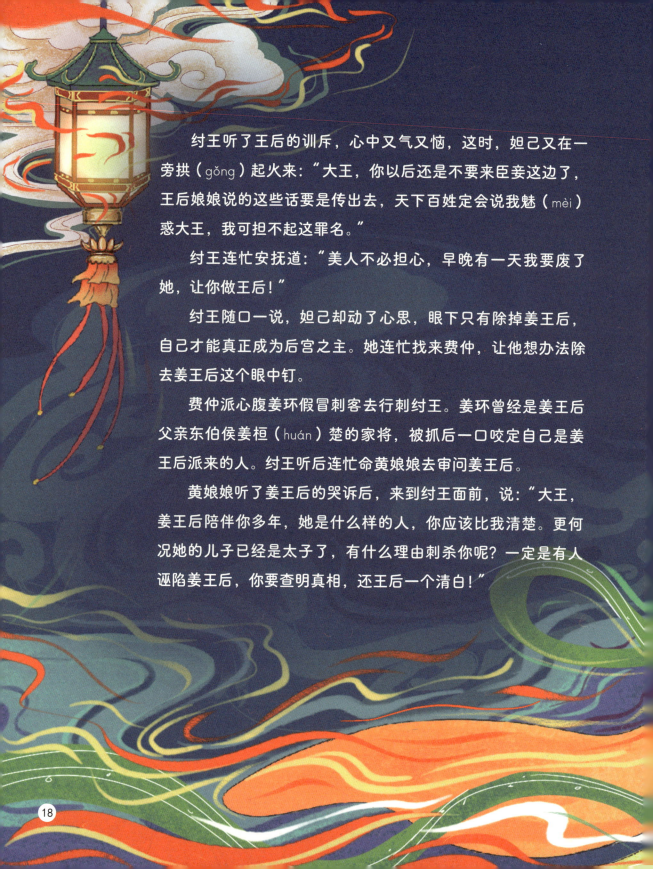

　　纣王听了王后的训斥，心中又气又恼，这时，妲己又在一旁拱（gǒng）起火来："大王，你以后还是不要来臣妾这边了，王后娘娘说的这些话要是传出去，天下百姓定会说我魅（mèi）惑大王，我可担不起这罪名。"

　　纣王连忙安抚道："美人不必担心，早晚有一天我要废了她，让你做王后！"

　　纣王随口一说，妲己却动了心思，眼下只有除掉姜王后，自己才能真正成为后宫之主。她连忙找来费仲，让他想办法除去姜王后这个眼中钉。

　　费仲派心腹姜环假冒刺客去行刺纣王。姜环曾经是姜王后父亲东伯侯姜桓（huán）楚的家将，被抓后一口咬定自己是姜王后派来的人。纣王听后连忙命黄娘娘去审问姜王后。

　　黄娘娘听了姜王后的哭诉后，来到纣王面前，说："大王，姜王后陪伴你多年，她是什么样的人，你应该比我清楚。更何况她的儿子已经是太子了，有什么理由刺杀你呢？一定是有人诬陷姜王后，你要查明真相，还王后一个清白！"

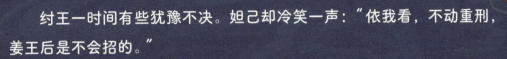

　　纣王一时间有些犹豫不决。妲己却冷笑一声："依我看，不动重刑，姜王后是不会招的。"

　　纣王最终还是听信了妲己的话，派人对姜王后用了重刑，但是姜王后一直咬紧牙关，没有承认行刺的罪名。

姬昌收雷震子

斩

　　姜王后的两个儿子殷（yīn）郊和殷洪听说母亲被纣王施以重刑，急忙赶回宫中。此时的姜王后已经被折磨得**奄**（yǎn）**奄一息**，她听到儿子的声音，用尽最后的力气对他们说："姜环和妲己把我害成这样，你们兄弟一定要为我洗刷冤（yuān）屈，替我报仇啊！"说完便怀着怨恨离开了人世。

　　殷郊亲眼看到母亲惨死，再也无法压抑（yì）心中的怒火，一剑刺死了姜环，接着又要去寿仙宫杀妲己。黄娘娘连忙将他拦了下来，对他们说："你们快跑吧，如果遇到忠臣，就把这里发生的一切告诉他们，让他们去向大王进谏（jiàn），这样才有可能保住你们二人的性命啊！"

殷郊和殷洪恍（huǎng）然大悟，他们谢过黄娘娘后便逃出宫去。纣王听说他们二人要为王后报仇，马上命人追捕殷郊、殷洪。

在重兵围追堵截(jié)下，两个王子很快就被抓了回来。大臣们听说这件事后，纷纷向纣王求情，但是纣王却铁了心要将两兄弟处死。

可怜的兄弟俩连父亲的面都没见上，便被押（yā）往刑场。想到自己马上就要离开这个世界，母亲的冤屈也无人洗刷，兄弟二人不由得失声痛哭起来。

行刑在即，突然一阵狂风袭来，瞬间飞沙走石、天昏地暗。侍卫们被沙子迷得睁不开眼睛，待风沙停止，侍卫们睁眼一瞧，两个王子早已不见了踪影。

奄奄一息 呼吸微弱，只剩下最后一口气，形容生命接近最后时刻。

王子刑场失踪的消息很快传回了王宫，文武百官无不感叹苍天有眼，只有纣王愁容满面。姜王后一死，他最担心的事就是东伯侯起兵攻打朝歌，如今两个王子又不见了，要是他们跑到东伯侯那里告他一状，恐怕东伯侯很快就会来**兴师问罪**了。

费仲见纣王如此忧心，连忙献上一计："大王，既然你担心东伯侯会起兵造反，何不抢先一步，把东、南、西、北四路诸侯都召集到朝歌来，一举除掉他们。这样一来，就再也没有人能威胁（xié）到你了。"

纣王连声称赞："妙计，妙计！"即刻下令让四路诸侯火速赶来朝歌。

西伯侯姬昌擅（shàn）长占卜（bǔ），出发前，他推算出自己这次去朝歌将有七年之难，便把**西岐**（qí）的大小事务托付给长子伯邑（yì）考，并嘱（zhǔ）托他无论发生什么事都不要去朝歌找他，七年后他自会回来。然后，姬昌带着几十名侍从赶往朝歌。

姬昌一行人来到燕山，只见艳阳高照、晴空万里，姬昌却突然吩咐大家："大雨要来了，快找地方避雨。"

侍从们抬头望了望，烈日当头，哪有一点儿要下雨的意思。可是，正当大家迟疑的时候，天空突然暗了下来，大家慌忙躲进密林中，不一会儿，大雨就哗哗下了起来。

兴师问罪 发动军队，声讨对方的罪过。

西岐 今陕西省岐山县东北部，是周王朝的发祥地。

大雨下了半个时辰还没有停，姬昌又对众人说："雷电要来了，大家不要惊慌！"话音刚落，天空中闪过一道电光，紧接着一声巨雷炸响，大家都吓得缩成一团。

过了一会儿，雨过天晴，众人从林中出来，准备继续赶路，姬昌却说："**天象**有些怪异，附近一定是有**将星**降世，大家帮我仔细找一找！"

大家连忙分散开来寻找。不一会儿，几个侍从抱着一个粉嘟（dū）嘟的婴儿跑了过来："大人，这就是你说的将星吧！"

姬昌满心欢喜地看着婴儿说："我命里有一百个儿子，如今已经有了九十九个，算上这个娃娃，正好一百个。"

姬昌抱着婴儿继续赶路，迎面遇到一个名叫云中子的道人，他正是为了寻找将星而来。云中子对姬昌说："西伯侯，你此行多有凶险，不如让这个孩子随我回终南山吧，待他将来学成一身本领，再与你相见。"

天象 日月星辰在天上有规律运动的现象。

将星 古人认为王侯将相都与天上的星宿（xiù）对应，将星即象征大将的星宿。

姬昌说："那就有劳道长了，只是这孩子连名字都没有，到时我们该如何相认呢？"

云中子说："这个孩子是在雷电之后来到这个世界的，不如就叫雷震子吧！"

姬昌点头答应，他与道长约定七年后父子二人再见面相认，随后便带兵继续前往朝歌。

东、西、南、北四路诸侯在朝歌会面，东伯侯姜桓楚和南伯侯鄂（è）崇禹（yǔ）很快就被纣王杀害，北伯侯崇侯虎在费仲的帮助下得以保全性命，姬昌则被囚禁，从此开始了长达七年的监禁生活。

哪吒闹海

陈塘（táng）关总兵李靖（jìng）有两个儿子，老大叫金吒（zhā），老二叫木吒，后来他的妻子又怀孕了，但是过了三年零六个月，孩子还是没有生下来。

一天夜里，李夫人做了个梦，梦见一个道士走进她的房间，说："夫人，快来迎接你的孩子吧！"说完就递给她一件东西。李夫人猛然惊醒，肚子疼痛难忍，没过多久便生下来一个红色的大肉球。

李靖进屋看到眼前的一切惊呆了，大喊一声 "妖精"，拔剑就向肉球砍去。

只听"叭"的一声，一个白白胖胖的小男孩从肉球里蹦了出来，他右手拿着乾坤（qián kūn）圈，肚子上围着混天绫（líng），模样十分可爱。

第二天，众人到李家道贺，其中有位名叫太乙真人的道长有意收这个孩子为徒，并给他起名为哪（né）吒。

在李靖夫妇的呵护下，哪吒一天天长大。一个夏日的午后，七岁的哪吒一个人跑到东海边上玩耍。他随手将混天绫往水里一搅，整条河都随着混天绫一起激荡起来，哪吒见了觉得特别好玩，更加用力地挥舞着混天绫。

东海龙王在龙宫里被搅得晕头转向，急忙派巡海夜叉（chā）上去一探究竟。夜叉浮出海面，看到一个小孩正拿着红绸（chóu）巾在东海边玩耍，问道："你小子拿的什么东西，把东海龙宫搅得不安宁？"

真人 道教称修行得道的人为真人，多用作称号。

夜叉 一种长相凶恶的鬼怪。

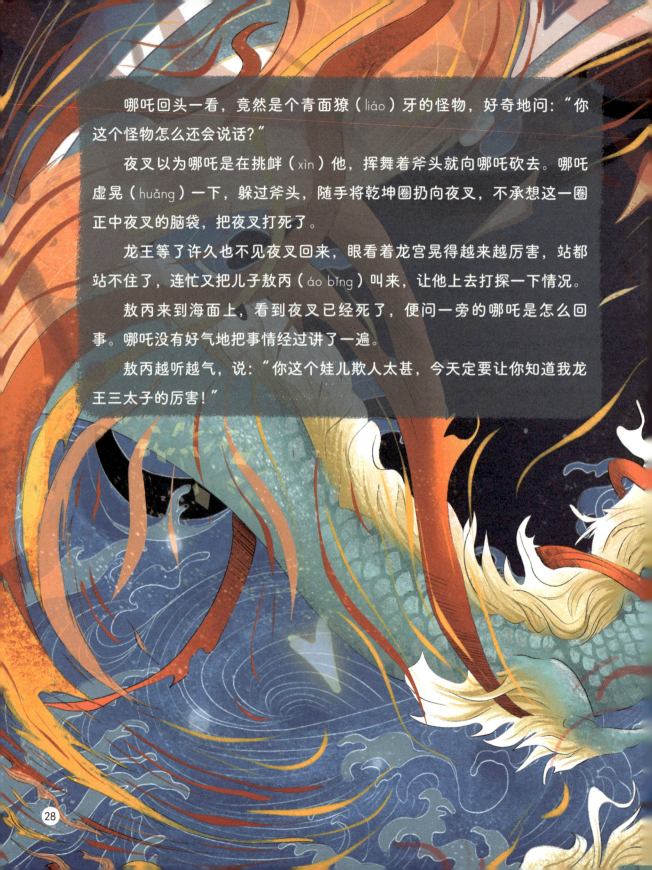

　　哪吒回头一看，竟然是个青面獠（liáo）牙的怪物，好奇地问："你这个怪物怎么还会说话？"

　　夜叉以为哪吒是在挑衅（xìn）他，挥舞着斧头就向哪吒砍去。哪吒虚晃（huǎng）一下，躲过斧头，随手将乾坤圈扔向夜叉，不承想这一圈正中夜叉的脑袋，把夜叉打死了。

　　龙王等了许久也不见夜叉回来，眼看着龙宫晃得越来越厉害，站都站不住了，连忙又把儿子敖丙（áo bǐng）叫来，让他上去打探一下情况。

　　敖丙来到海面上，看到夜叉已经死了，便问一旁的哪吒是怎么回事。哪吒没有好气地把事情经过讲了一遍。

　　敖丙越听越气，说："你这个娃儿欺人太甚，今天定要让你知道我龙王三太子的厉害！"

哪吒笑道："别说是龙王三太子，就是东海龙王来了，我照样抽他的筋、扒他的皮！"

敖丙挥舞着**画戟**（jǐ）向哪吒刺去，哪吒一个闪身躲开了，回手揪住敖丙的脖子，用乾坤圈将他打出了原形。

"原来真是一条龙呀，那我就把你的筋抽出来，拿去给父亲系铠甲！"哪吒说完就把敖丙的龙筋抽了出来。

画戟 一种杆上带有彩饰的古代兵器，是顶端作"井"字形的长戟。

哪吒拿着龙筋兴高采烈地跑回家，告诉父亲自己给他带回来一个好礼物。李靖和东海龙王相识多年，当得知哪吒不仅打死了龙王三太子，还把他的筋抽了出来，李靖顿时气得脸色苍白、浑身发抖，对哪吒吼道："你啊你，你可闯下**滔天大祸**了！"

　　李夫人也哭着说："我的儿呀，龙王要是找来，可如何是好呀！"

　　哪吒连忙安慰父母道："父亲、母亲，你们不要担心，我一人做事一人当，绝不会连累家人！"

　　没过一会儿，东海龙王便找上门来，同时还召唤来北海、南海、西海三位龙王给自己坐镇。东海龙王一把年纪，想到自己的儿子惨死在哪吒手中，就痛不欲生。他指着李靖的鼻子骂道："都是你养的好儿子，明天我就去上报玉帝，让他来收拾你们一家！"

哪吒不想让父母受牵连，当即说道："一人做事一人当，敖丙和夜叉都是我杀的，大不了我把命还给你们！"说罢便抽出宝剑，在众人面前**自刎**（wěn）了。

东海龙王见哪吒已死，也不好再继续纠缠，默默带着人离开了。

滔天大祸 极大的灾祸。

自刎 自己割断脖颈；自杀。

莲花化身获重生

哪吒本是灵珠子转世，肉身死后，他的魂魄（pò）飘到乾元山太乙真人那里，请求师父帮助。

太乙真人怜惜哪吒，说道："你在这里待下去也不是长久之计，不如托梦给你母亲，让她为你在翠屏山修建一座庙宇，待你在这庙宇中享受三年烟火供奉（gòng fèng），就可以重回人间了。"

于是，哪吒便按着太乙真人的指示托梦给母亲。一开始，哪吒的母

亲还以为是自己太想念哪吒了，但是接下来好几天，她都做了同样的梦，于是便按照梦中的话派人在翠屏山修建庙宇，并在那里供奉哪吒的神像。

一天，李靖路过翠屏山，无意间发现了这座庙宇，一打听才知道，庙里供奉的竟然是他的儿子哪吒。李靖一边流泪，一边骂道："你这个孽障（niè zhàng），活着的时候到处**惹是生非**，死了还阴魂不散！"李靖悲愤之极，抬手将神像砸了个稀烂，随后又一把火将庙烧了个精光。

庙宇毁了，哪吒的魂魄没了居所，只好又回到乾元山找太乙真人。

太乙真人听哪吒诉说了事情的经过，无奈地说："这个李靖，简直是无理取闹。眼看姜子牙就要下山了，你却连肉身都没有，这可如何是好？算了算了，你还是跟我来吧！"

惹是生非 招惹是非，引起事端。

33

太乙真人带着哪吒来到莲池旁，他折下两朵莲花和三片荷叶在地上摆成一个人形，又将一颗金丹放在中间，最后让哪吒的魂魄跳入其中。

没过一会儿，哪吒的魂魄便和地上的莲花融为一体。又过了一会儿，一个唇红齿白、皮肤粉嫩的少年站起身来，此时的他已经不再是过去的哪吒，而是莲花化身之人。

哪吒跪（guì）地拜谢道："感谢师父的再生之恩！如今我肉身已死，和李靖夫妇再无**瓜葛**（gé），李靖毁我庙宇，我实在咽（yàn）不下这口气！"

> **瓜葛** 比喻人或者事物之间互相牵连。

　　太乙真人知道哪吒的脾气，也就不再劝说。他将火尖枪和风火轮送给哪吒，并传授他枪法。有了宝物和枪法的加持，哪吒变得更加强大了。

　　哪吒拜别太乙真人后，踩着风火轮回到陈塘关，直奔李靖府上。

　　李靖出门看到哪吒，大吃一惊："你，你不是已经死了吗？"

　　哪吒说："那天我以死抵（dǐ）命，就已还清了你们的养育之恩。你为什么还要毁我神像，烧我庙宇？我今天非要报仇不可！"

　　哪吒不容李靖分辩，提起火尖枪便向他刺去。李靖慌忙接招，只可惜他根本不是哪吒的对手，短短几个回合，便落了下风。

　　李靖自知打不过哪吒，只好逃跑，但哪吒哪里肯放过他，紧跟其后，一路穷追猛打。

　　李靖东躲西藏，跑得上气不接下气。眼看哪吒就要追上来了，就在这时，一个道人从天而降，将李靖护在了自己的身后。

哪吒说："你这老道快让开，我今天非报仇不可！"

道人说："既然如此，那你们就在这里一决胜负吧！"

李靖一听，急得直摇头："我可打不过他。"

道人说："打不打得过，上场一战便知！"说完便拍了李靖的后背一巴掌。

李靖只好硬着头皮冲上去，令他没想到的是，自己忽然变得如有神助一般，几十个回合下来，竟然打得哪吒毫无还手之力。

哪吒心想，定是这老道**从中作梗**（gěng）。于是，他虚晃一枪，转身将枪头刺向那道人。

道人轻轻一跃，躲过了哪吒的火尖枪，他随手一挥衣袖，只见一座玲珑宝塔出现在半空中，还没等哪吒反应过来，那塔就落了下来。

哪吒被困在塔里，浑身如同火烧一般，疼得他直求饶。

从中作梗 在事情进行当中设置障碍，故意阻挠。

归隐 回到故乡或者民间隐居。

道人说："你现在认你的父亲了吧？"

哪吒连连答应，道人便把他放了出来。在道人的劝说下，哪吒跪在父亲的面前，磕头相认。

道人看出哪吒只是口服却心不服，临走之前，他将手中的玲珑塔赠予李靖，并嘱托道："我乃灵鹫（jiù）山元觉洞的燃灯道人，你们父子二人日后要和睦（mù）相处。纣王昏庸（yōng）无道，等以后姬昌率兵讨伐纣王，你们父子一同辅佐（fǔ zuǒ）他建功立业。"

李靖告别了道人，从此辞去官职，**归隐**山林，等待姬昌起兵。

人物档案

纣王

本名帝辛，是中国商朝的最后一位君主。他因为谥号为"纣"而被称为殷纣王或商纣王。在位期间，他因荒淫无道、残害忠良而臭名昭著，导致商朝国力衰弱，最终被周武王所灭。

苏护

商朝末年的大将，他被分封为冀州侯，是苏妲己的父亲。他曾参与商朝的军事行动，但后来与商纣王的关系恶化，转而与周武王结盟。

妲己

原为苏护之女，后来被千年狐妖附体，成为商纣王的宠妃。

姜王后

东伯侯姜桓楚之女，商纣王的原配王后，育有殷郊和殷洪两位王子。曾劝诫纣王要远离妲己以免误国，从而招致妲己的记恨和报复。

姬昌

周文王，西周的奠基者，也是商朝时期的西方诸侯之长，又称西伯侯。

哪吒

托塔天王李靖的第三个儿子，他师从太乙真人，拥有莲花化身。哪吒的法宝包括乾坤圈、混天绫和风火轮等。

李靖

陈塘关总兵，金吒、木吒和哪吒的父亲，号称托塔天王。后来成为西岐的一员大将。

太乙真人

阐教掌门元始天尊的真传弟子之一，帮助哪吒重生，并传授给他各种武艺和法术。

了不起的中国传统文化 美绘版

趣读封神演义

何家欢/编著　布谷插画/绘

山西出版传媒集团　三晋出版社

图书在版编目（CIP）数据

趣读封神演义：何家欢编著；布谷插画绘 . -- 太原：三晋出版社，2024.1
（了不起的中国传统文化：美绘版）
ISBN 978-7-5457-2798-2

Ⅰ.①趣… Ⅱ.①何… ②布… Ⅲ.①《封神演义》—少儿读物 Ⅳ.① I242.4

中国国家版本馆 CIP 数据核字 (2024) 第 033431 号

趣读封神演义（全 6 册）

编　　著：何家欢
绘　　者：布谷插画
责任编辑：薛勇强
助理编辑：张靖爽

出 版 者：山西出版传媒集团·三晋出版社
地　　址：太原市建设南路 21 号
电　　话：0351—4956036（总编室）
　　　　　0351—4922203（印制部）
网　　址：http://www.sjcbs.cn

经 销 者：新华书店
承 印 者：雅迪云印（天津）科技有限公司

开　　本：787mm×1092mm　1/16
印　　张：15
字　　数：225 千字
版　　次：2024 年 1 月第 1 版
印　　次：2024 年 6 月第 1 次印刷
书　　号：ISBN978-7-5457-2798-2
定　　价：158.00 元（全 6 册）

如有印装质量问题，请与本社发行部联系　电话：0351—4922268

目录

姜子牙火烧琵琶精

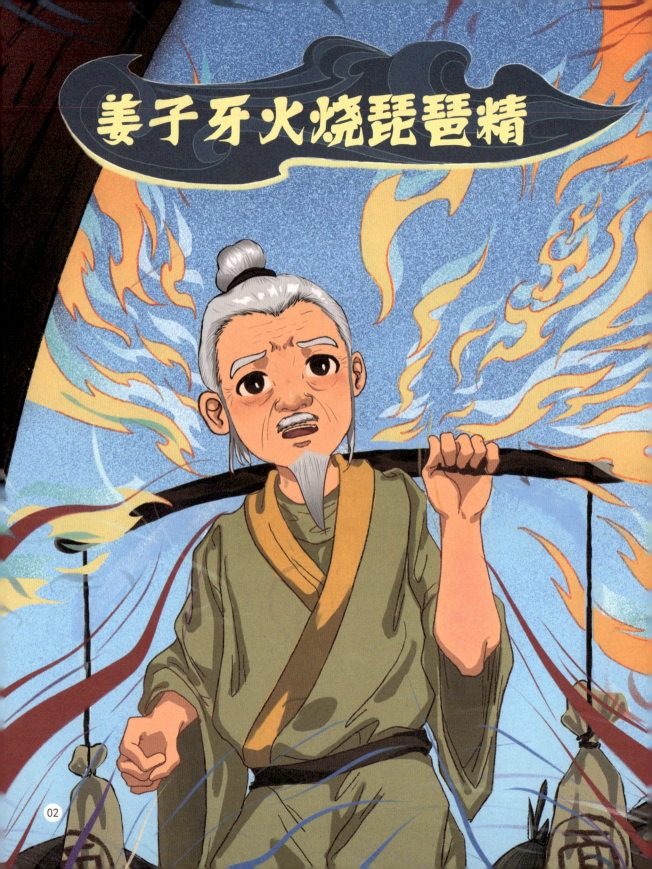

笊篱 用竹子、柳条等编织的工具，能漏水，可以在水里捞东西。

　　姜子牙从三十二岁起，便拜入昆仑山元始天尊门下修炼（liàn），一转眼，他已经七十二岁了。一天，元始天尊对他说："殷商气数已尽，你下山去辅佐姬昌，助他一臂之力！"

　　姜子牙下山后无依无靠，忽然想起自己还有个结拜兄弟宋异人在朝歌，便来到他的家里。

　　宋异人待姜子牙就像自己的亲兄弟一样，不仅为他安排住处，还托人帮他说了门亲事。姜子牙成家后，妻子总是抱怨他游手好闲、不务正业。姜子牙只好硬着头皮把自己编的**笊篱**（zhào li）、磨的面粉等拿到集市上卖。可是他又抹（mò）不开面子去人群中吆喝（yāo he），每次都是怎么挑出去的又怎么挑回来，气得妻子大骂他是个一事无成的废物。

　　宋异人对姜子牙说："你精通道术，不如给人算算卦（guà）、看看风水。正好我在城南有个铺（pù）子，可以给你腾出个地方来。"

　　没过几天，姜子牙的小铺子就开张了。一开始，他的生意并不好，但是渐渐地找他算过命的人都发现他的卦特别准。很快，姜子牙的名声就在朝歌传开了。

一天，一个年轻女子来找姜子牙算卦。姜子牙抬眼一看，就发现此人绝非善类，便借着看手相的机会紧紧扣住了她的脉（mài）门。

女子吓得大叫起来："先生休得无礼，快放开我！"

路过的百姓看到这一幕，纷纷指责姜子牙欺负女子。姜子牙急忙告诉大家："这是个妖精！"但任凭姜子牙怎么解释，都没有人相信他。姜子牙顾不上分辩，抓起桌子上的砚（yàn）台便朝女子头上砸（zá）去。

女子顿时被砸得头破血流、昏死过去。围观的人吓坏了，大喊："杀人啦！杀人啦！"这时，**亚相**比干的马车正好经过此处，连忙停车查问。

比干听了围观人的证词后，对姜子牙说："我看你一把年纪，**光天化日**之下竟然欺负一个弱女子，这女子不顺从你，你就将她打死，现在人都死了，你还抓着她的手不放，真是胆大包天。来人哪，将他给我拿下！"

姜子牙连忙解释："大人，这根本不是什么女子，而是妖精，如果我一放手，她马上就跑了！"

"什么妖精，我们都看到了，就是他把这个女孩子砸死的！"周围的人不依不饶地说。

比干一时难以判断，只好先把姜子牙带回王宫，报请纣王定夺。

亚相 指官位次于丞相的大臣。

光天化日 比喻大家都看得清楚、明白的场合。

比干进宫后，将此事禀（bǐng）告纣王。妲己在旁一听，猜到这个女子定是自己的好姐妹玉石琵琶精，心想一定要想办法救她一命。妲己灵机一动，说："大王，不如把那个人带上来看看。"

纣王命人把姜子牙和那个死去的女人一起带了上来。看到女子后，纣王问道："这分明是个女子，你为何非说她是妖精？"

姜子牙说："大王，她还没有现出原形，要这妖精现出原形并不难，请大王命人架起柴堆，烤上几个**时辰**，定能让她现出原形。"

纣王命人按姜子牙说的做，将那名女子架在火堆上烘（hōng）烤。只见两个时辰过去了，女子的身体仍然毫发无损。

纣王见了不由得暗自称奇："看来还真是个妖精，就是不知道是什么变的。"

姜子牙向妖精喷出**三昧**（mèi）**真火**，妖精再也忍受不了，大叫起来："姜子牙，我和你无冤无仇，你为什么用真火烧我？"

纣王被叫声吓得目瞪口呆，姜子牙继续做法。待大火熄（xī）灭，烟雾散去，一块玉石琵琶显现出来。

纣王高兴地说："美人，快来看，原来是个玉石琵琶精！"

妲己心里暗暗为自己的姐妹叫苦，表面上又不好发作，只好笑着说："大王，这玉石琵琶不如就赐给我吧，待我上好弦（xián），用它来为你奏乐。姜子牙道术高明，不如留在朝中，助你一臂之力。"

纣王听后连声称赞。就这样，姜子牙被纣王留在宫中做了官。

时辰 中国古代计时单位。古人将一昼夜平分为十二段，每段为一个时辰，相当于现在的两小时。

三昧真火 道教文化中常用的词语，由元神、元气和元精修炼成真火。

姬昌忍辱获释

一天，妲己看到有些侍从哭丧着脸，便让手下打听这是怎么回事。原来这些侍从都是姜王后身边的人。妲己心想，他们如此怀念姜王后，对自己想必是恨之入骨，既然如此，不如**斩**（zhǎn）**草除根**。她发明了一种刑罚——"虿（chài）盆"。她让纣王派人抓来成百上千条毒蛇，放在挖好的大坑中，把那些曾经侍奉在姜王后身边的人全都投进去喂了毒蛇。

纣王看到侍从们被毒蛇缠身、痛苦哀号（háo）的样子，高兴地说："美人，你果真聪慧过人，有了这个东西，我看谁还敢违抗我的命令！"

妲己趁着纣王高兴，又建议在虿盆左右各修建一个大池子，左边的池子里栽上树，树枝上挂满肉块；右面的池子里灌满美酒，以供享乐之用。

酒池肉林建好后，纣王和妲己日日都在那里饮酒作乐。

妲己一直对姜子牙怀恨在心，总想找机会害死他。一天，妲己向纣王献上一张图，图上画着一座华丽无比的高台，她对纣王说："大王，这座高台名叫鹿台。如果你能建造这样一个高台，到时候，神仙一定会经常光顾这里的。"

纣王看了图纸连连叫好，他按妲己的提议命姜子牙担任督造一职。姜子牙猜出其中有诈，眼看推脱

斩草除根 除草时要连根一起除掉，防止其再生长。比喻要除去祸根，以绝后患。

不成，只好当着纣王侍卫的面投河自尽了。

侍卫见姜子牙已死，就回去复命了。他们不知道的是，姜子牙其实并没有死，而是借**水遁**（dùn）逃过了妲己的诡计，来到西岐的磻（pán）溪边上过起了隐居的生活。

转眼间，姬昌已经被囚禁了七年，他每天足不出户，专心研究**八卦**（guà）。一天，他闲来无事给自己卜了一卦，看到卦辞后，突然失声痛哭起来："我的儿呀，我让你不要来接我，你为什么不听我的劝告！"

原来，姬昌的长子伯邑考见七年之期已到，父亲却迟迟未归，便带着贵重的礼物来拜见纣王。哪成想他刚一进宫，便惹怒了妲己，被纣王命人剁（duò）成了肉酱。妲己还不解恨，她让纣王把伯邑考做成肉饼，拿给姬昌吃，说是要以此来试探姬昌，看他是不是真能占卜吉凶。

没过多久，侍从便带着装有肉饼的食盒来到姬昌的住处，说是纣王赏赐给他的。姬昌早就算到了这一切，他怎能下得去口？可是如果不吃，纣王定会借这个机会把自己除掉。为了保全性命，姬昌强忍着心中的悲痛，高声谢过大王，当着侍从的面，狼吞虎咽（yàn）地吃下了三个肉饼。

纣王听闻姬昌吃下肉饼，不屑（xiè）地说："都说姬昌能占卜吉凶，如今看来不过是谣（yáo）传罢了。"

伯邑考被害死的消息很快传回西岐。弟弟姬发听说哥哥惨死宫中，不禁失声痛哭。

水遁 水遁即水中隐身之术。

八卦 用来推演世界空间、时间等各类事物关系的工具。每一卦形代表一定的事物。

西岐的将士们听说了这件事，个个**义愤填膺**（yīng），大将军南宫适说："纣王这个昏君，囚禁了西伯侯不说，如今又杀害了大公子，既然如此，二公子不如杀到朝歌，除掉昏君，让英明的人做大王！"

其他将士一听，纷纷响应。散宜生却劝阻说："万万不可，现在西伯侯还在纣王手里，如果我们这个时候起兵攻打朝歌，西伯侯的处境可就危险了！眼下最要紧的是先把西伯侯救出来，再联合各路诸侯，攻打朝歌。"

姬发觉得散宜生的话很有道理。他没有直接去见纣王，而是先派人带着金银珠宝去贿赂（huì lù）费仲和尤（yóu）浑，请他们到纣王那儿劝他放人。

这个方法果然奏效，很快，姬昌就被放了出来。不过，纣王也提出一个要求，就是姬昌得在朝歌城内骑马游行三天，向百姓们宣扬纣王的宽厚仁德。姬昌连忙答应谢恩。

义愤填膺 由正义而激发的愤怒充满心胸。

雷震子救父

  姬昌遵照纣王的旨意，在朝歌的街道上骑马游行。第二天他刚一上街，迎面就遇到了武成王黄飞虎。黄飞虎把他请到府中，非常认真地对他说："西伯侯，如今大王沉迷酒色，奸臣当道，虽然已经赦免了你，但是很可能会出尔反尔，你在这里多留一天就多一分危险，应尽快赶回西岐！"

  姬昌这才意识到，自己还没完全逃离纣王的魔爪。他连忙谢过黄飞虎，拿上出关的铜符，乔装成普通百姓，快马加鞭（biān）逃离了朝歌。

  姬昌逃跑的消息很快传到纣王那里。纣王大为震怒，没想到自己刚把姬昌放出来，他就将答应自己的事抛（pāo）在脑后，连夜逃跑了，纣王当即下令捉拿姬昌。

  姬昌离开朝歌后，一路骑马狂奔，眼看潼（tóng）关就在眼前，只听见身后的马蹄声越来越近。姬昌心急如焚（fén），恨不得马上长出一双翅膀，飞回西岐。

千钧（jūn）一发之际，一个红发蓝脸的怪物突然飞过来，落在附近的山冈（gāng）上。只见这怪物咧（liě）开嘴巴，露出尖尖的獠（liáo）牙，眼睛大如铜铃，背上还长着一双翅膀。还没等姬昌开口，那怪物先问道："你可是西伯侯？"

姬昌愣住了，一时间忘记了后面的追兵，疑惑地问："你认得我？"

那怪物突然跪倒在姬昌的面前，说："父亲，我是雷震子啊！"

千钧一发 钧，古代的重量单位，约合 30 斤。千钧的重量，挂在一根头发上，比喻情况非常危急。

姬昌万万没有想到，这个怪物竟然是自己七年前捡到的那个婴儿。

自从七年前分别之后，雷震子便跟随云中子来到终南山学习法术，直到前些天，云中子算出姬昌有难，便让雷震子前来搭救。

说时迟那时快，追兵已经来到姬昌面前。只见雷震子手里拿着一根金棍，翅膀一扇，落在一众人马面前。

"我乃西伯侯的第一百个儿子雷震子，我父亲平白无故被囚禁七年，如今已经得到大王赦免，你们为何还要赶尽杀绝？下山前，师父叮嘱我千万不可伤及无辜，我奉劝诸位早点儿离开，否则的话……"

雷震子随手一挥手中的金棍，只听咔嚓一声，西边的山头被打得粉碎。

"你们自己掂（diān）量一下，是你们的脑袋硬，还是山头硬！"

追兵们一看，知道自己不是对手，立即掉转马头，夺路而逃。

雷震子转身对姬昌说："父亲，现在追兵都走了，一会儿你趴在我的背上，我带你飞回西岐。"

姬昌趴在雷震子的背上，不敢睁开眼睛，只听见风在耳畔呼啸。不一会儿，就听见雷震子说："父亲，西岐到了。我奉师父的命令下山救你，如今已经把你平安送回西岐，我也该回去继续学习法术了。有朝一日等我学有所成，再来与你相见。"

姬昌**依依不舍**地同雷震子告别。文武官员和姬昌的妻儿们高兴地跑到城门口来迎接姬昌，他看到这些孩子和自己离开时相比都长大了不少，很是欣慰，但是一想到自己最器重的儿子伯邑考，又不禁掩面痛哭起来。

突然间，姬昌感到胸口一阵剧痛，他俯身吐出一块肉饼，只见那块肉饼在地上滴溜溜打了个转儿，变成一只小兔子跑走了。他连吐了三次，三只小兔子都蹦蹦跳跳跑开了。姬昌这才感觉心里好受了许多。

当天晚上，姬昌做了个梦，梦见一个白脑门的大老虎从东南方向跳出来，扑向自己。第二天，姬昌请教了散宜生，得知晚上做的梦是将有贤人相助的好兆（zhào）头，他想一定要找到那个可以帮助自己成就大业的人。

依依不舍 感情很深，舍不得离开。

姜太公钓鱼

姜子牙离开朝歌后，一直在西岐的磻溪边上隐居，闲来无事的时候，常常一个人到渭（wèi）水边钓鱼。

一个名叫武吉的砍柴人路过此处，见他总在河边钓鱼，却又从未钓到鱼，感到很奇怪，便找机会和他闲聊起来。

聊着聊着，武吉突然拉起姜子牙的鱼竿看了看，大笑道："我说怎么从来没见你钓到过鱼呢，你的鱼钩都是直的，上面连鱼饵（ěr）都没有，这哪能钓得到鱼呢？"

姜子牙微微一笑，说："这你就有所不知了，我钓的不是鱼，而是王与侯。"

武吉不屑（xiè）地说："就凭你还想当王侯？当猴子还差不多！"

姜子牙说："我看你还是自求多福吧，你面有杀气，一会儿进城小心摊上人命官司！"

武吉一听急了，说道："你这个老头，我不过开个玩笑，你怎么还诅咒（zǔ zhòu）我呢？"他瞪了姜子牙一眼，挑着担子进城了。

> **渭水** 即渭河，是黄河的最大支流。

可是，武吉万万没想到的是，他刚一进城，正好姬昌的马车经过，他为了躲闪马车，肩头上的担子正好撞在一个守城士兵的脑袋上，当场就把人撞死了。

武吉一时失手，成了杀人犯。按照律法，本应将他关押起来，等待日后处置，但是姬昌顾念他有老母在堂，便让他先回家安置好自己的母亲。

有眼不识泰山 虽然有眼睛，却不认识泰山。比喻见识狭窄，认不出地位高、本领大的人。

来龙去脉 山形地势像龙的血脉一样连贯着。现比喻人、物的由来或事情发展的原委、经过。

安顿好母亲后，武吉突然想起姜子牙说过的话，急忙跑到渭水边，扑通一声跪倒在姜子牙的面前。

武吉说："小人**有眼不识泰山**，出言冒犯你，还请你大人不记小人过。我没想到，那天刚一进城就不小心杀了人，我知道杀人偿命，可是我的老母亲还在家中等我侍奉，如果我死了，谁来照顾她老人家呢？求求你救救我们母子俩吧！"

姜子牙见武吉一片孝心，决心帮他一把。他收武吉为弟子，并告诉他如何施法骗过姬昌，让武吉成功逃过一劫（jié）。姬昌占卜过后确信武吉已死，也就不再继续追查了。

一天，姬昌和散宜生一行人经过渭水边，看到一个砍柴的人唱着歌向这边走来。姬昌仔细打量了一下这个砍柴人，发现此人正是武吉，顿时勃（bó）然大怒。武吉吓得急忙跪倒在地，把事情的**来龙去脉**向他解释清楚。

散宜生听了武吉的诉说，高兴地说道："大人，这正是你要寻找的那位贤人啊！"

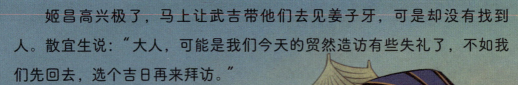

姬昌高兴极了，马上让武吉带他们去见姜子牙，可是却没有找到人。散宜生说："大人，可能是我们今天的贸然造访有些失礼了，不如我们先回去，选个吉日再来拜访。"

姬昌听从散宜生的建议，几天后，他带上礼物，率领众人再次来到磻溪。

这一次，姬昌见到了姜子牙，他非常恭敬地说："久仰先生大名，希望先生能够出山，助我完成大业。"

散宜生也在一旁说道："如今纣王昏庸，天下叛（pàn）乱四起。西伯侯四处寻找贤臣良将，只希望能让天下百姓过上好日子。先生既然胸怀大志，又有过人的才能，何不出山辅佐西伯侯完成大业？"

听了散宜生的话，姜子牙深为感动，最终答应了他们的邀请。

随后，姜子牙与姬昌一行人回到西岐城。在姜子牙的辅佐治理下，西岐社会安定、百姓安居乐业。

纣王鹿台邀“神仙”

自打姜子牙离开朝歌后，纣王便把修建鹿台的任务交给了崇侯虎。如今鹿台已经修建好了，纣王就和妲己念叨着，不知何时能见见那些神仙。

妲己本来是想借着修建鹿台收拾姜子牙，没想到纣王竟然把她说的话当真了。妲己见实在敷衍不过去了，只好说：“神仙又不是普通人，岂能是我们想让他们来就能来的？”

纣王说："那要等到什么时候？"

妲己说："神仙只有在月圆之夜才会降临人间。"

纣王说："再过几天就是十五了，到时候我们就在这鹿台之上，和神仙们一起举杯畅饮！"

夜里，妲己趁着纣王熟睡，乘着妖风来到了朝歌南门外的轩辕（xuān yuán）坟。轩辕坟是妲己的老家，住着几十个妖精。妖精们得知妲己回来，都高兴地跑出来见她。

妲己说："众位姐妹，纣王建了个鹿台，非要见一见神仙。你们之中懂得变形之法的，就在这个月十五那天变成神仙的模样，到鹿台去找我，王宫里那些好吃的好玩的，你们都可以随意享用！"

妖精们听说可以去王宫吃喝玩乐，高兴得不得了。十五那天，纣王早早命人在鹿台摆好宴席。月亮刚刚升起，纣王就**迫不及待**地站在鹿台上，等待神仙们到来。

没过多久，妖精们便三三两两地来到鹿台。这些妖精都已修炼多年，她们化身成神仙的模样，还真令人难辨（biàn）真假。

亚相比干被纣王叫来陪神仙喝酒，他闻到这些"神仙"身上有股狐狸的骚（sāo）臭味，不禁怀疑起来。

酒过三巡，有的小妖精不胜酒力，不小心露出了自己的尾巴。妲己慌忙将她们送走，这才没被纣王发现。可是，比干却将这一切都看在眼里，酒宴结束后，就将自己看到的一切告诉了武成王黄飞虎。

黄飞虎说："你放心吧，我自有办法去收拾这些妖精！"

黄飞虎派人守住四个城门，好追踪那些妖精的下落。那些妖精个个喝得酩酊（mǐng dǐng）大醉，根本没法使用妖术，只能互相搀（chān）扶着，摇摇晃晃地往城外走。守在南城门的几个人发现了她们的行踪，一路追踪到轩辕坟。

酩酊大醉 醉得非常厉害。

迫不及待 急迫得不能再等待。

黄飞虎得到消息后，马上带人前往轩辕坟，一把火烧死了洞里的妖精。侍卫们从洞里拖出来好多狐狸的尸体，比干让人挑了一些没有烧坏的狐狸，将它们的皮剥（bāo）下来做成皮袄（ǎo），等到隆冬时节，他便将这件皮袄进献给纣王，以此来震慑妲己。

　　妲己看到皮袄，气得浑身发抖，恨不得立即将比干碎尸万段。她思来想去，终于想到一个好主意。一天，她借着纣王夸赞自己的美貌，趁机说："我有个结拜的妹妹，名叫喜媚（mèi），论美貌，我不及她十分之一。"

　　纣王一听就动了心，非要见见喜媚不可。

神魂颠倒 精神恍惚（huǎng hū），失去了往常的样子。

妲己爽快地答应了。第二天晚上，妲己和纣王一同来到鹿台。一个仙姑忽然从天而降，纣王见这位仙姑皮肤白皙（xī），神态妩（wǔ）媚迷人，顿时为之**神魂颠倒**。

这位仙姑正是九头雉鸡精，黄飞虎火烧轩辕坟的那天，雉鸡精恰好有事情出去，从而躲过一劫。她听了妲己的计策，便化为人形，前来相助。

妲己见纣王已经完全被喜媚迷住，便借机将喜媚留在宫中。自此以后，纣王更是日日和二人饮酒作乐，不理朝政。

姜子牙兵伐崇侯虎

一天早上，妲己突然倒地不起，口吐鲜血。纣王吓坏了，急忙询问是怎么回事。这时，喜媚在一旁说："大王，姐姐这是老毛病了，还好后来遇到一位神医，给姐姐吃了一片**七窍**（qiào）**玲珑心**，便很久都没再发作。"

纣王急切地说："快把这位神医找来。"

喜媚说："山高路远，就算神医肯来，姐姐的病也等不起呀。大王不如在朝歌找一颗七窍玲珑心，给姐姐吃下就没事了。"

纣王问："怎么才能找到七窍玲珑心呢？"

喜媚说："朝歌城中只有一人有七窍玲珑心，就是亚相比干，不过，就怕他舍不得把玲珑心献出来。"

纣王说："比干是我的皇叔，怎会不肯？"说罢，他便召见比干，要他交出七窍玲珑心。

比干知道自己难逃一劫，他悲愤地说："昏君，我死不足惜，只可惜这江山早晚要断送在你的手上！"比干说完就挖出自己的心扔在纣王面前。

纣王连忙派人将比干的玲珑心煎成汤药给姐己服下。姐己喝完药马上就醒了过来，得知比干已死，她很开心。

七窍玲珑心 相传比干的心上有七个洞，可以与世间万物交流，重伤者食用可以治愈。

民脂民膏 用百姓的血汗换来的金钱财富。

白旄黄钺 白旄是古代的一种军旗，用来指挥军队；黄钺是用黄金装饰的斧头，常为帝王专用，或赐给有征伐之权的大臣。

34

比干遇害的消息很快传到西岐。姜子牙知道后悲痛万分，恰逢此时又听闻崇侯虎借着监造鹿台的机会搜刮民脂（zhī）民膏（gāo），第二天便奏请姬昌，要带兵去讨伐崇侯虎。

　　姜子牙对姬昌说："纣王赐你白旄（máo）黄钺（yuè），就是让你铲除这些乱臣贼子，如今你去讨伐他，正是解救百姓于水深火热之中！"

　　姬昌觉得姜子牙说的话有道理，于是便命他出兵讨伐崇侯虎。

　　姜子牙带着大军向崇城进发，不料崇侯虎不在城内。前来应战的是他的儿子崇应彪（biāo）。崇应彪和西岐军对战两次，发现实在打不过，索性把城门一关，不再应战。

　　姜子牙心想，如果强攻进城，难免会伤害城中百姓，不如写封信给崇侯虎的弟弟崇黑虎，请他来帮忙。

　　崇黑虎虽然是崇侯虎的亲弟弟，但他为人正直，和崇侯虎完全不同。他收到信后，马上带兵赶来崇城。崇黑虎先告诉崇应彪，自己是来帮助他的，骗他放松警惕。随后又偷偷告诉西岐军将领南宫适，让西岐军假装战败离开，这样才能有机会把崇侯虎骗回来，活捉他们父子二人。

于是，按照崇黑虎的计策，西岐军落荒而逃，崇黑虎得胜而归。崇黑虎趁机对崇应彪说："赶快给你父亲写信，让他快回来，我们乘胜追击，定能活捉姬昌！"

崇侯虎接到书信后，马上赶回崇城。崇黑虎算好日子，命自己的手下埋伏在城门口。待崇侯虎归来，崇黑虎一声令下，数十名埋伏好的勇士迅速冲出来，将崇侯虎父子拿下。

崇侯虎气得大叫起来："哪有弟弟抓哥哥的，你可真是我的好弟弟啊！"

崇黑虎说："哥哥，你身为朝廷重臣，不好好辅佐大王，反倒借着监造鹿台的机会搜刮百姓，你可知道天下百姓因为你受了多少苦！我宁可被崇家祖先责备，也不能让天下人在我们崇家的背后指指点点！"

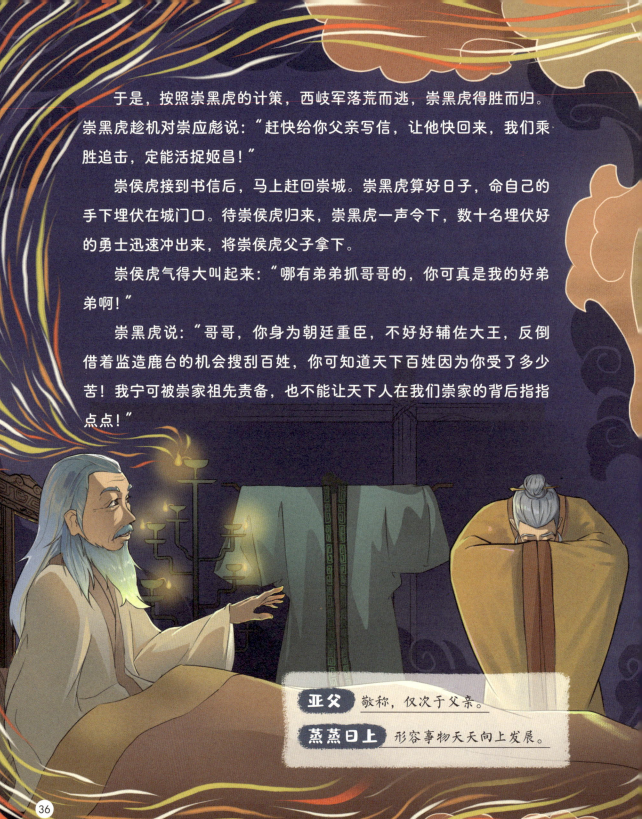

亚父 敬称，仅次于父亲。

蒸蒸日上 形容事物天天向上发展。

　　崇黑虎说完，便将崇侯虎父子押往西岐军的营地，把他交给姜子牙。

　　姜子牙下令将崇侯虎父子推出去斩（zhǎn）首，由崇黑虎接管崇城。

　　经过这一战后，姜子牙声名远播。姬昌年事已高，感觉自己的身体一天不如一天。于是，他对姜子牙说："我快不行了，你一定要好好辅佐姬发！"然后，他让姬发拜姜子牙为亚父。没过多久，姬昌便离开了人世。

　　姬昌去世后，姬发承袭了他的爵（jué）位，在姜子牙和众位贤臣良将的辅佐下，西岐的百姓安居乐业，生活蒸蒸日上。

人物档案

姜子牙
又称姜太公，是周武王姬发的辅佐大臣，也是西周的开国元勋。他师从元始天尊，道术高深，智慧超群。

比干
商纣王帝辛之叔，殷商王室重臣。

雷震子
传说他是将星下凡，被姬昌在燕山收为养子，并成为阐教门人云中子的徒弟，学得一身高强的武艺和法术。

伯邑考
姬昌的嫡长子，武王姬发的哥哥。为人忠厚，善良孝顺，被纣王残忍地杀害，并做成肉饼赐给姬昌。

胡喜媚
原为九头雉鸡精，后以妲己妹妹的身份进宫为妃。

崇侯虎
殷商北伯侯，四大诸侯之一，崇黑虎之兄。性格暴虐、贪婪残暴，他与商纣王关系密切，为了自己的利益而不择手段。最终被姜子牙率领的周军所打败。

崇黑虎
殷商北伯侯崇侯虎的弟弟，后投奔西岐，法宝为铁嘴神鹰。

武吉
原本是樵夫出身，后来成为姜子牙的弟子。他跟随姜子牙学习道术和武艺，最终成为一位出色的将领。

了不起的中国传统文化 美绘版

趣读 封神演义

何家欢／编著　布谷插画／绘

3

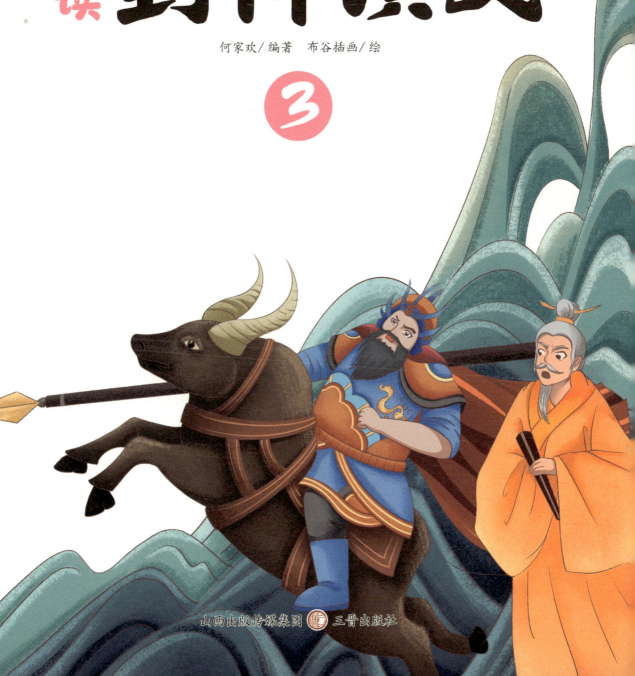

山西出版传媒集团 ⊙ 三晋出版社

图书在版编目（ＣＩＰ）数据

趣读封神演义：何家欢编著；布谷插画绘 . -- 太
原：三晋出版社，2024.1
（了不起的中国传统文化：美绘版）
ISBN 978-7-5457-2798-2

Ⅰ . ①趣… Ⅱ . ①何… ②布… Ⅲ . ①《封神演义》
—少儿读物 Ⅳ . ① I242.4

中国国家版本馆 CIP 数据核字 (2024) 第 033431 号

趣读封神演义（全 6 册）

编　　著：何家欢
绘　　者：布谷插画
责任编辑：薛勇强
助理编辑：张靖爽

出　版　者：山西出版传媒集团·三晋出版社
地　　址：太原市建设南路 21 号
电　　话：0351—4956036（总编室）
　　　　　0351—4922203（印制部）
网　　址：http://www.sjcbs.cn

经　销　者：新华书店
承　印　者：雅迪云印（天津）科技有限公司

开　　本：787mm×1092mm　1/16
印　　张：15
字　　数：225 千字
版　　次：2024 年 1 月 第 1 版
印　　次：2024 年 6 月 第 1 次印刷
书　　号：ISBN978-7-5457-2798-2
定　　价：158.00 元（全 6 册）

如有印装质量问题，请与本社发行部联系　电话：0351—4922268

目录

妲己逼反武成王

一天，纣王在王宫的花园里大摆宴席，文武百官前来赴宴。酒宴一直持续到后半夜，大家都喝得醉醺醺的，忽然一阵妖风吹过，一只狐狸从角落里蹿（cuān）出来，扑向人群。

武成王黄飞虎看到狐狸，瞬间酒醒了七八分，他随手折（zhé）了一支牡丹花茎（jīng），扔向狐狸，大声命令侍卫："快把北海进贡的金眼神鹰放出来！"

侍卫慌忙打开笼子，放出神鹰。那神鹰是狐狸的天敌，一出笼便直冲狐狸飞去，伸出利爪在狐狸脸上狠狠抓了一把。

狐狸疼得嗷（áo）嗷直叫，灰溜溜地逃走了，纣王连忙派人去追，可是却没有追到。

这只狐狸正是妲己现出的原形。妲己为了修炼妖术，必须靠吸食人的灵气来补充能量。夜半三更时分，便是她出来害人之时，这次因为人多眼杂，才被武成王放出的神鹰所伤。

第二天一早，纣王看到妲己的脸上有一道伤痕，心疼地问她是怎么回事。妲己嘴上说是被树枝划伤的，心里却给武成王狠狠记了一笔，并下决心一定要找机会除掉他。

每年正月初一是文臣武将的夫人们进宫朝见王后的日子。姜王后死后，妲己被封为新王后，所以这一年的正月初一，百官们的夫人都来后宫拜见妲己。妲己见武成王的妻子黄夫人容貌秀美，心里就有了对付武成王的计策（cè）。

待朝见结束后，妲己将黄夫人单独留下来，邀请她去摘星楼一坐。随后，她又悄悄派人去请纣王过来。

黄夫人不敢违背妲己的意思，只好随她一同来到摘星楼上。黄夫人站在楼上低头向下望，脚下的蛊盆中尽是毒蛇和白骨，不由得瑟（sè）瑟发抖。

过了一会儿，纣王来到摘星楼，他见黄夫人容貌秀美，马上端起酒杯，过去向她敬酒。黄夫人推脱不成，心里又急又恼，情急之下跳下了摘星楼。

武成王的妹妹黄娘娘得知黄夫人坠楼的消息，匆忙赶到摘星楼。她见纣王和妲己一声不吭地坐在那里，知道定是妲己使用诡（guǐ）计害死了嫂子。她一把抓住妲己的衣领，说："妲己，当初就是你害死了姜王后，如今又来害我嫂子！"

　　黄娘娘挥起拳头狠狠捶了上去，妲己吓得大喊救命，纣王连忙过来阻拦，没想到却被黄娘娘一拳打在脸上。纣王顿时**怒不可遏**（è），一把抓住黄娘娘的手，拦腰把她提起来，扔下了摘星楼。

怒不可遏 愤怒得不能抑制，形容气愤到了极点。

黄巾力士 道教神话传说中一种护法降魔、力大无穷的神仙，多听命于更高一级的神仙。

不到一天的时间，黄夫人和黄娘娘先后命丧摘星楼，消息很快便传到了黄飞虎的耳中。得知噩耗（è hào）的黄飞虎气得浑身发抖，他万万没有想到，黄家世代忠良，如今自己的夫人和妹妹却落得如此下场。

黄飞虎悲愤难当，决定起兵投奔西岐。

纣王得知消息后，命太师闻仲前去捉拿黄飞虎。闻仲了解了事情经过，也感到很无奈，他不得已通知临潼关、佳梦关和青龙关的总兵一同拦截（jié）黄飞虎。

黄飞虎见四路人马一起杀来，自知命不久矣，不由得长叹一声，那声音带着不平的怨气直冲云霄（xiāo）。这时，恰逢青峰山紫阳洞的清虚道德真君经过这里，他拨开云彩一瞧，看见黄飞虎正遇重兵围追堵截。道德真君立刻派出**黄巾力士**将黄飞虎一行人从重兵围困之中救了出来。随后，他又撒下一把神砂（shā），那砂石一落地就变成人马，假扮成黄飞虎的队伍，将闻太师的追兵引向朝歌。

　　道德真君看闻太师率兵走远了，又命黄巾力士把黄飞虎一行人放回大道。黄飞虎感觉自己像做了一场梦，完全不知道刚刚发生了什么事，他见眼下没有追兵，赶紧带兵向临潼关进发。

黄天化潼关救父

道德真君将闻太师的人马引开后，便回到紫阳洞中。突然，他心头一惊，有一种不祥的预兆（zhào），连忙掐（qiā）指一算，惊呼道："不好，武成王又遇到劫（jié）难了！"

那天黄飞虎一行人摆脱了闻太师的追兵后，继续向西岐方向行进，来到了潼（tóng）关之外。镇守潼关的陈桐曾经在黄飞虎手下当过兵，他一心想抓住黄飞虎，好向纣王邀功。可惜他根本不是黄飞虎的对手，情急之下，陈桐掷（zhì）出火龙镖（biāo），将黄飞虎从坐骑上打了下来。

　　道德真君算出黄飞虎生命垂（chuí）危，连忙叫来徒弟黄天化。十三年前，道德真君路过武成王王府，见武成王三岁的儿子黄天化相貌非同寻常，便将他收为弟子，带回青峰山学艺。如今，黄天化已经长成了十六岁的少年，习得一身本领。

　　道德真君对黄天化说："你父亲有难，你快去潼关救他性命，事成之后，再回来继续修习武艺。"

　　黄天化拿着花篮和宝剑来到潼关，见很多人正在伤心痛哭，便向他们说明了自己的来意。在士兵的指引下，他终于见到了阔别多年的父亲黄飞虎。他仔细查看了父亲的伤势，从花篮里取出仙药，放入黄飞虎的口中。

"好痛呀!"黄飞虎大喊一声,醒了过来。他看看身边的众人,又看看眼前这位素未谋面的少年,说:"我这是来到阴曹地府了吧,要不怎么会有仙童呢?"

黄天化说:"父亲,你还活着,我是你十三年前送去学艺的孩儿黄天化呀,当初是师父把我带到青峰山修习武艺的。今天,他算出你有难,特意让我前来相助。"

黄飞虎万万没想到有生之年还能再见到黄天化,不由得**百感交集**,抱住儿子大哭一场。

黄天化又问起母亲,黄飞虎想到亡妻,心中悲痛不已,流着泪把事情的起因经过讲给儿子听。

黄天化听了母亲和姑姑的遭遇,对妲己和纣王恨之入骨,说:"我这次奉师父之命出山相救,不能在外面停留太久,等我日后学成下山,一定要为母亲和姑姑报仇!"

就在这时,不远处又传来了陈桐叫阵的声音,黄飞虎说:"论单打独斗,陈桐不是我的对手,只是他的暗器太过厉害,我现在有伤在身,怕更是难以取胜。"

百感交集 各种各样的感触交织在一起。

关隘

11

黄天化连忙说："父亲不必担心，你只管前去应战，
有孩儿在，不会让他伤你分毫。"

黄天化的话让黄飞虎吃了颗定心丸。他穿好铠（kǎi）
甲，翻身骑上神牛，拿着武器冲上前去。

陈桐见黄飞虎**安然无恙**（yàng）大吃一惊，随即抄起画戟，上前迎战。两人大战二十回合，依旧不分胜负。陈桐**故技重施**，放出火龙镖。

黄天化将手中的花篮高高举起，只见那些火龙镖突然调转方向，统统被吸进了花篮里。

陈桐扭头一看，发现竟然是一个孩子从中作梗（gěng），气得掉转马头，举起画戟刺向黄天化。说时迟那时快，黄天化从背后抽出宝剑，手起剑落，将陈桐斩落马下。

陈桐一死，黄飞虎一行人再无阻力，很快就过了潼关。黄天化依依不舍地对父亲说："我该回去向师父复命了。"父子二人来不及再叙父子情，便又挥泪告别。

安然无恙 形容人或物平安无事，没有发生事故，没有受到损害。

故技重施 再次使用同样的手法或伎俩。

13

黄飞虎闯关入西岐

  下一关是穿云关，守城的将士是陈桐的兄长陈梧。黄飞虎来到城门口，还没等他开口喊话，城门竟然自动打开了。陈梧带着一众将士敲锣打鼓出城迎接他。

  陈梧恭敬地说："武成王，大王辜负你在先，是小弟陈桐不明事理，阻拦你过关，才落得如此下场。你就安心在此处休息一晚，明天再出发去西岐吧！"

  黄飞虎没想到陈梧竟然如此通情达理，便答应留下来。可是，陈梧虽然表面上看起来对他敬仰有加，实际上却因为弟弟的死对他恨之入骨，之所以邀请他进城，就是想来个**瓮**（wèng）**中捉鳖**（biē）。

  晚上，陈梧大摆宴席，为黄飞虎一行人**接风洗尘**。黄飞虎喝了很多酒。随后，他听从陈梧的安排，和手下兵将们一同住进了城内的驿（yì）馆。

瓮中捉鳖 指从大坛子里捉王八。比喻想要捕捉的对象已在掌握之中，形容手到擒来，轻易而有把握。

接风洗尘 指设宴款待远来的客人，以示慰问和欢迎。

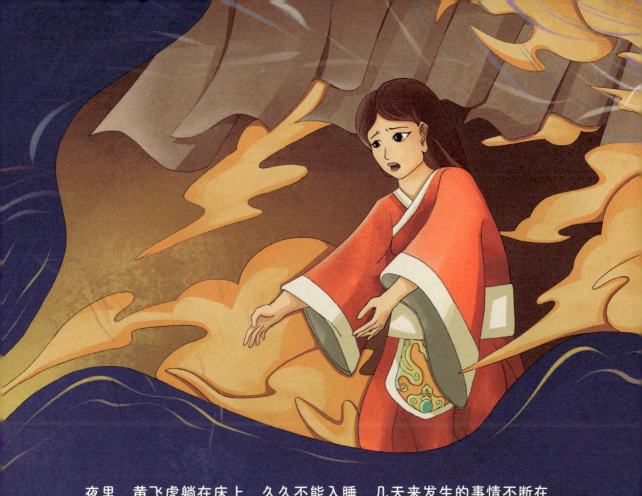

　　夜里，黄飞虎躺在床上，久久不能入睡，几天来发生的事情不断在他的脑海中浮现。半梦半醒之际，他仿佛听到死去的妻子在耳边喊自己的名字。

　　"将军，你快起来，大火马上就要烧起来了！"

　　黄飞虎猛地睁开双眼，睡意全无，他急忙跑到其他房间，把将士们都叫了起来。

　　大家听了黄飞虎讲述刚刚在梦里他妻子说的话，觉得宁可信其有不可信其无，他们决定离开驿馆，但却发现院子大门已经被人从外面上了锁。

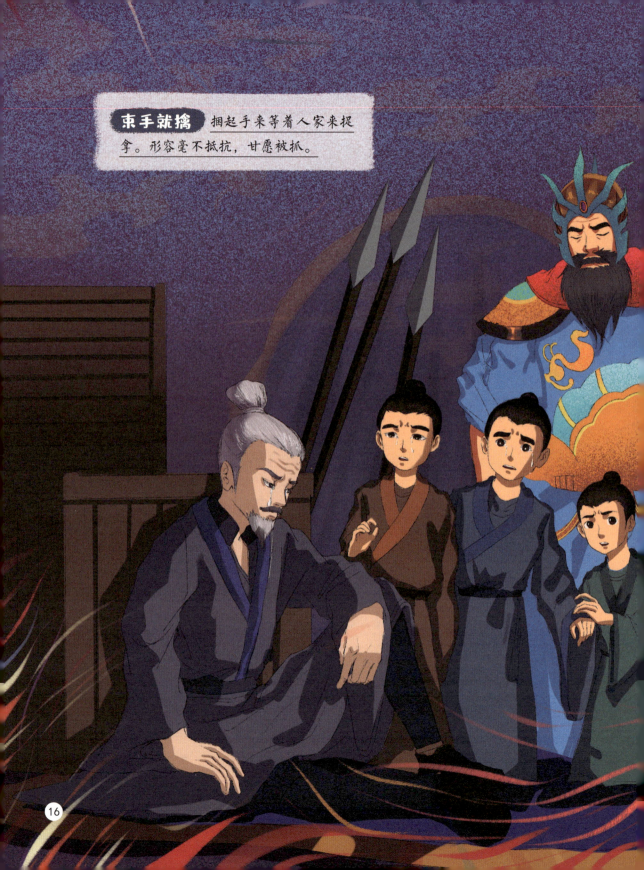

束手就擒 捆起手来等着人家来捉拿。形容毫不抵抗，甘愿被抓。

将士们拿起斧头劈开大门，冲了出去，只见外面乌泱（yāng）泱的好多士兵，正在往院子四周堆柴火。黄飞虎大吃一惊，心想要是再晚一点儿，自己和将士们定要葬身火海了。

　　黄飞虎飞身骑上五色神牛，将前来阻拦的陈梧打落马下。一番激战后，黄飞虎带着一众将士杀出穿云关，向界牌关进发。

　　界牌关的守城总兵是黄飞虎的父亲黄滚，老将军听人说自己的儿子带兵造反，气得火冒三丈。见到黄飞虎之后，他也不问缘由，就要捆了黄飞虎向纣王谢罪。黄飞虎不愿和父亲为敌，情愿**束手就擒**（qín）。待老将军情绪缓和一些后，黄飞虎才将这些日子的遭遇向父亲道来。

　　黄滚见孙子们小小年纪就没了母亲，心中很是酸楚，事已至此，也只好随黄飞虎一起投奔西岐。

　　下一站是汜（sì）水关，过了汜水关，就是西岐城了。黄飞虎不敢有丝毫懈怠（xiè dài），汜水关总兵韩荣手下有一员大将，名叫余化，此人道术高强，想要过关怕是免不了一场恶战。

　　果不其然，黄飞虎和余化在战场上没打几个回合，对方就亮出法宝戮（lù）魂幡（fān），将黄飞虎和他手下的几员大将一同擒入大营。

　　太乙真人在乾元山金光洞中掐指一算，发现黄飞虎有难，连忙派哪吒下山相助。哪吒好久没下山了，兴高采烈地拿着火尖枪、踩着风火轮向汜水关奔去。

当他来到汜水关时，余化正押着黄飞虎等人前往朝歌。哪吒灵机一动，站在路中央拦住他们，高声说："此路是我开，此树是我栽，要想从此过，留下买路财！"

余化压根没把哪吒放在眼里，喊道："哪儿来的毛孩儿，竟敢在我面前撒野，想活命就快快让开！"

哪吒笑着说："给我十块金砖，我就放你们过去。"

余化冷笑一声，说："那就休怪我无礼啦！"说罢，举起画戟便刺向哪吒。

出神入化 形容文学艺术或技艺高超达到了绝妙的境界。

哪吒的火尖枪使得**出神入化**，余化刚打了几个回合，就知道自己不是对手，急忙取出他的法宝戮魂幡。可是哪吒乃灵珠子转世，又是莲花化身，戮魂幡对他根本不起作用。他轻轻一招手，便将那戮魂幡收入囊中。

余化被夺去了法宝，慌忙掉转马头，哪吒哪肯就此放过他，随手将乾坤圈飞了过去，登时将余化打得口吐鲜血。

余化和他的手下被打得连滚带爬、东奔西逃。哪吒觉得当务之急还是救人要紧，也就没有再去追赶。他帮黄飞虎他们解开身上的绳索，护送他们通过汜水关，入了西岐，然后就回了乾元山。

哪吒大败张桂芳

话说那天闻太师被道德真君的法术蒙骗，放走了黄飞虎。当闻太师得知黄飞虎已经抵达西岐，气得不得了，马上派出青龙关总兵张桂芳前去讨伐西岐。

黄飞虎得知消息，对姜子牙说："这张桂芳的幻术特别邪门，和他交战时，他一定要对方先报上姓名，比如，要是我和他打仗，他会大喊一声：'黄飞虎，此时还不下马，更待何时？'我听到喊声，就会从马上掉下来。所以，可千万别让将士们报出自己的姓名啊！"

姜子牙听了黄飞虎的劝告，有些将信将疑。第二天，张桂芳在外面叫阵，姜子牙想探探对方的底细，便随黄飞虎前去应战。

张桂芳见黄飞虎也在，一心想擒住他回去向纣王邀功，于是高声喊道："黄飞虎，此时不下神牛，更待何时？"

黄飞虎瞬间感觉天旋地转，摇晃了两下，摔下了神牛。

眼见黄飞虎摔下去，姜子牙不敢再派人应战，只好挂起了**免战牌**。

正当姜子牙不知该如何是好时，哪吒前来求见姜子牙。原来他是奉师父太乙真人的命令，前来助姜子牙一臂之力。

免战牌 指挂出的向对方表示不应战的牌子。

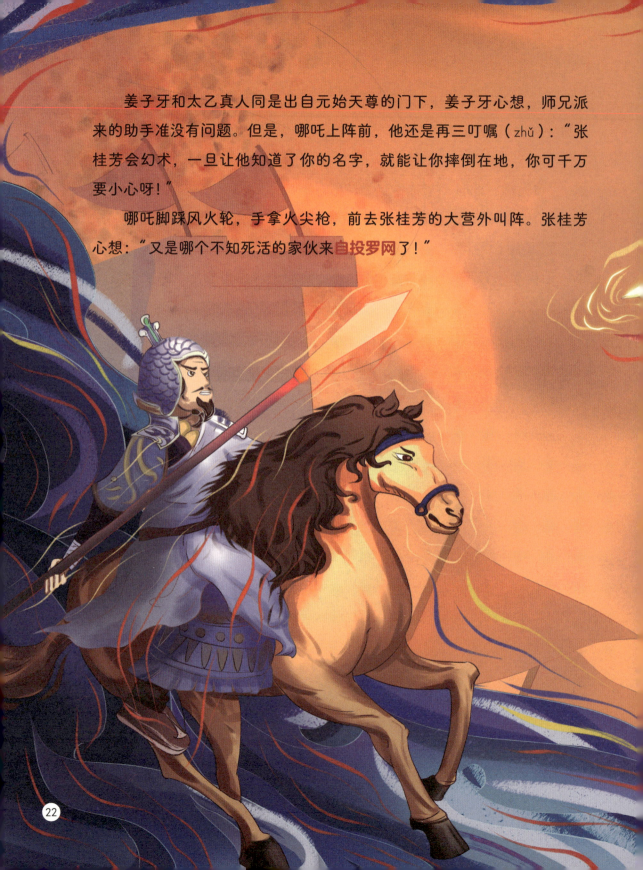

　　姜子牙和太乙真人同是出自元始天尊的门下，姜子牙心想，师兄派来的助手准没有问题。但是，哪吒上阵前，他还是再三叮嘱（zhǔ）："张桂芳会幻术，一旦让他知道了你的名字，就能让你摔倒在地，你可千万要小心呀！"

　　哪吒脚踩风火轮，手拿火尖枪，前去张桂芳的大营外叫阵。张桂芳心想："又是哪个不知死活的家伙来自投罗网了！"

自投罗网 自己投到罗网里去，比喻自己送死。

张桂芳骑马出来应战，只见一个脚踩风火轮的少年站在面前，便问道："来者何人？"

哪吒早就将姜子牙的叮嘱忘在了脑后，回答道："哪吒在此，你就是那个使用邪门幻术的张桂芳吗？"

张桂芳冷笑一声，说："正是！"

"那废话少说，我就是来捉你的！"哪吒话音未落，一枪刺向张桂芳。

由于对方进攻实在迅猛，张桂芳一时间来不及喊话，只顾着抵挡，几十个回合下来，张桂芳累得气喘吁吁。

哪吒正得意时，张桂芳突然大声喊道："哪吒，此时不下轮来，更待何时？"

可奇怪的是哪吒竟然没有摔下来。张桂芳大惊失色，他没料到自己的幻术竟然还会失灵，慌忙又喊了两声，但哪吒依旧稳稳地站在风火轮上。

哪吒神气地笑道："哈哈，你算老几，让我下来，我就下来？"

张桂芳见幻术失灵了，只好硬着头皮提起手中的兵器刺向哪吒，哪吒却不愿和他再战，扔出乾坤圈，将张桂芳打得落荒而逃。

乘胜追击 趁着胜利的形势继续追击敌人。

一网打尽 比喻一个不漏地全部抓住。

　　姜子牙见哪吒得胜归来，高兴极了，他疑惑地问："张桂芳没喊你的名字吗？"

　　哪吒说："喊了，不过我没搭理他。"

　　原来张桂芳的幻术只对有魂魄的人起作用，而哪吒是莲花化身，根本没有魂魄，也就不受其影响了。

　　姜子牙心想，张桂芳这次被哪吒打败，回去肯定会向朝歌搬救兵。既然如此，不如乘胜追击，将对方一网打尽。

　　当天晚上，姜子牙命哪吒前去袭击张桂芳的大营。张桂芳没想到对方会趁夜偷袭。他自知不是姜子牙的对手，一边带兵迅速撤退，一边命手下去向闻太师送信，请求派人支援。

姜子牙力战凌霄殿四将

　　姜子牙早就料到，张桂芳这一逃走，一定会向朝歌求助。果不其然，没过多久，闻太师就请出西海九龙岛上的凌霄（xiāo）殿四将，前来支援张桂芳。

　　有了四位精通法力的道长相助，张桂芳再次来到西岐城下叫阵。姜子牙带兵出城，只见对方的大军中冲出四头猛兽，它们正是凌霄殿四将的坐骑，分别是王魔的坐骑狴犴（bì àn）、杨森的坐骑狻猊（suān ní）、高友乾的坐骑花斑豹、李兴霸的坐骑狰狞（zhēng níng）。这四个怪物面相凶恶，浑身散发着阵阵恶气。西岐的战马头一次见到这样的怪物，吓得腿都软了，纷纷倒地不起，马上的将士们也被狠狠地摔在地上。

狴犴、狻猊、狰狞 中国古代神话传说中的神兽。狴犴，龙的第七子，形似虎；狻猊，龙的第五子，形似狮子；狰狞，人形，直立行走，面目恐怖。

战场之上，遍地都是东倒西歪的西岐军，惨叫声不绝于耳，只有脚踩风火轮的哪吒和身骑五色神牛的黄飞虎没有受到任何影响。凌霄殿四将看到西岐军人仰马翻的样子，哈哈大笑起来。

姜子牙只好撤兵回城，再次挂起了免战牌。

姜子牙自知不是凌霄殿四将的对手，趁着双方休战，借土遁来到昆仑山玉虚宫找师父元始天尊求助。

元始天尊说："我就知道你会来的，这头四不像就给你当坐骑吧，再赐你一根打神鞭（biān）、一面杏黄旗。你回去经过北海的时候，如果遇到困难，就把杏黄旗插在地上，它可以助你一臂之力。你一会儿还需去南极仙翁那儿取封神榜，等你回到西岐后，在那里建个封神台，把封神榜挂在上面，就可以完成大业了。"

姜子牙谢过师父，又去南极仙翁那里取了封神榜。回来的路上，姜子牙乘着四不像途经北海，忽然间，一股怪风袭来，一只怪物猛然蹿出来，扑向姜子牙。

姜子牙被吓得**魂不附体**，惊出一身冷汗。他想起师父的叮嘱，连忙将杏黄旗插在地上，很快就制服了眼前这个妖怪。妖怪告诉姜子牙自己名叫龙须虎，是一个名叫申公豹的道人告诉他，吃掉姜子牙就能长生不老，所以他才这样做的。姜子牙见龙须虎还算忠厚老实，便收他为徒，带他一同回到西岐。

姜子牙回到西岐的第一件事就是安排人手修筑封神台。随后，他又骑着**四不像**前去迎战凌霄殿四将。

王魔看着姜子牙骑着四不像走来，气得咬牙切齿，说："好你个姜子牙，故意拖延时间，原来是去昆仑山借四不像！"

魂不附体 灵魂离开了身体。形容极度惊慌。也指人死亡。

四不像 它的角似鹿、头似马、蹄似牛、尾似驴，所以被称为"四不像"。

他气急败坏地冲向姜子牙，哪吒和黄飞虎急忙上前阻挡。

四将中的杨森见双方打得正激烈，根本无暇（xiá）顾及旁人，心想："这个时候不下手，更待何时？"他找准时机，丢出两颗开天珠，将哪吒和黄飞虎从风火轮和神牛上打了下来。

龙须虎见师父身旁没了帮手，急忙顶了上去，却被高友乾用混元珠打得龇（zī）牙咧（liě）嘴。

这时，李兴霸趁姜子牙左右无人，又丢出一颗霹雳（pī lì）珠，正好打中姜子牙的胸口，打得他险些从坐骑上掉下来。王魔见姜子牙失去了重心，也丢出一颗开天珠，直接把他从四不像上打了下来。

眼见姜子牙命悬（xuán）一线，千钧一发之际，广法天尊带着弟子金吒从天而降，将姜子牙从王魔手中救了下来。

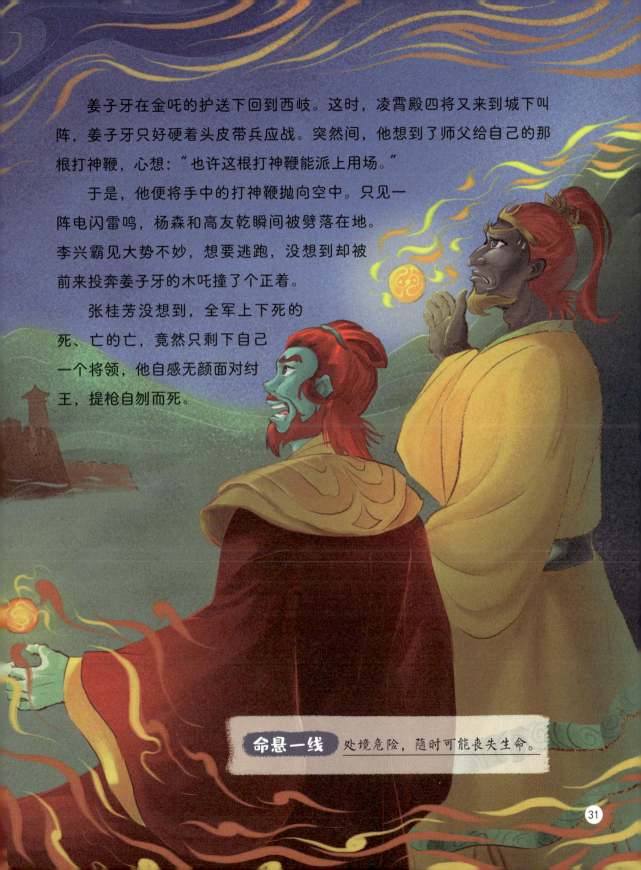

姜子牙在金吒的护送下回到西岐。这时，凌霄殿四将又来到城下叫阵，姜子牙只好硬着头皮带兵应战。突然间，他想到了师父给自己的那根打神鞭，心想："也许这根打神鞭能派上用场。"

于是，他便将手中的打神鞭抛向空中。只见一阵电闪雷鸣，杨森和高友乾瞬间被劈落在地。李兴霸见大势不妙，想要逃跑，没想到却被前来投奔姜子牙的木吒撞了个正着。

张桂芳没想到，全军上下死的死、亡的亡，竟然只剩下自己一个将领，他自感无颜面对纣王，提枪自刎而死。

命悬一线 处境危险，随时可能丧失生命。

杨戬智斗魔家四将

  闻太师得知张桂芳惨败的消息，心中很是忧虑。这时，他突然想到了佳梦关的魔家四将，决定派他们去讨伐西岐。

  要说这魔家四将，那可不是一般人物。老大魔礼青有一把青云剑，能生出黑风和烈火；老二魔礼红有一把混元伞，伞上挂有各种珠宝，张开伞天昏地暗，转动伞地动山摇；老三魔礼海有一把琵琶，弹奏时会风火交

加；老四魔礼寿有只花狐貂（diāo），个头不大，却专门伤人性命。

　　姜子牙得知将要应战这四位，不由得面露愁容。果不其然，战争刚一打响，哪吒的乾坤圈和金吒的遁龙桩就被魔礼红的混元伞吸走了。姜子牙见状连忙抛出打神鞭，没想到竟也被吸进了混元伞里。

　　紧接着，魔礼青武起青云剑，战场上顿时狂风大作，乌云蔽日；魔礼红转动混元伞，瞬间天昏地暗、地动山摇；魔礼海弹起琵琶，顷刻间烟雾弥（mí）漫，烈火熊熊；魔礼寿放出花狐貂，遍地都是西岐将士被咬的哀号声。

姜子牙大喊着"不妙"，慌忙带兵回城，挂起了免战牌。

可是，魔家四将怎肯就此善罢甘休，他们派兵将西岐城围了个**水泄**（xiè）**不通**，心想："等吃光了粮食，看你们出不出来投降！"

一转眼，两个多月过去了，西岐的军粮眼看就要见底了。姜子牙心急如焚。就在这时，一个道童前来求见，他自称是玉泉山金霞洞玉鼎（dǐng）真人门下的杨戬（jiǎn），奉师父之命，前来帮助姜子牙。

水泄不通 形容十分拥挤或包围得非常严密，好像连水都不能泄出。

掉以轻心 用轻率的、漫不经心的态度来对待事情。

姜子牙见杨戬年纪轻轻，叮嘱说："这魔家四将实在不好对付，千万不可**掉以轻心**！"随后便将他们的本领一一介绍给杨戬。

杨戬说："师叔放心，你先摘下免战牌，待我出城打探一番。"

战场之上，魔家四将见只有一个小伙子前来应战，根本没把他放在眼里。魔礼寿放出自己的花狐貂，那花狐貂瞬间变成了一头大白象，张开血盆大口，把杨戬吞进了肚子里。

魔家四将见敌人已死，就退兵了。殊不知杨戬根本就没有死，他此刻正躲藏在花狐貂的肚子里，被他们带回了营地。

杨戬趁魔礼寿不注意，撑破了花狐貂的肚皮，自己又变成花狐貂的样子。夜里，他偷偷从魔礼寿的皮口袋里溜出来，发现魔家四将竟然个个喝得醉醺醺的，便打算把他们的宝贝全都偷走。他刚拿到魔礼红的混元伞，却一不小心弄出了响声，险些把魔礼红吵醒。杨戬不敢再拿其他东西，悄悄把混元伞送回西岐大营，然后又变成花狐貂回到魔礼寿身边。

第二天一早，酒醒后的魔礼红发现自己的宝贝不见了，整个大营瞬间像炸了锅一样，乱作一团。此时，姜子牙又在大营外叫阵，魔家四将只好先出营应战。

这一次，西岐派出黄天化出战。黄天化奉师父道德真君之命，前来相助。临行前，道德真君交给他一件宝物——攒（zǎn）心钉，让他去对付魔家四将。战场上，黄天化在和魔礼青大战了三五回合后，趁对方不备，掷出攒心钉，将魔礼青打倒在地。

魔礼红和魔礼海见兄长死了，大吼一声，冲上前去。黄天化接连掷出两颗攒心钉，正中二人胸口。

魔礼寿见状，不敢再贸然上前，他把手伸向口袋，准备放出花狐貂，没想到却被狠狠咬了一口。魔礼寿疼得浑身冒汗，就在这时，黄天化的攒心钉飞了过来，也将他打倒在地。

人物档案

黄飞虎
原是商朝的武将，担任商纣王的镇国武成王。后因妻子和妹妹被纣王所害，投奔周武王姬发，成为姬发的得力助手。坐骑是一头五色神牛。

黄天化
黄飞虎的长子，师从阐教仙人清虚道德真君，是姜子牙座下的先锋之一，有莫邪宝剑、火龙镖和攒心钉等法宝。

龙须虎
一只既有点像虎又有点像龙的灵兽，被姜子牙收为弟子。体型硕大，力大无穷，有一条长长的尾巴，能够像鞭子一样灵活地攻击敌人。

杨戬
仙凡混血而生，师从玉鼎真人，学得一身武艺和法术。他助姜子牙斩妖除魔，杀伐四方，为西岐立下赫赫战功。

陈梧、陈桐
兄弟二人为殷商将领，分别驻守穿云关和潼关。

张桂芳
殷商青龙关总兵，师从截教，精通兵法、武艺高强，擅长使用长枪，并修有左道异术。他曾经率领殷商大军与西岐军队交战，给姜子牙等西岐将领带来了不小的麻烦。

凌霄殿四将
王魔、杨森、高友乾、李兴霸，合称"九龙岛四圣"。为截教的外门修士传人，本为九龙岛练气士。他们各自拥有一只神兽坐骑，分别是狴犴、狻猊、花斑豹、猙狞。此外，他们还拥有三颗宝珠法器：开天珠、辟地珠、混元珠。

魔家四将
魔礼青、魔礼红、魔礼海、魔礼寿。法宝分别是青云剑、混元伞、碧玉琵琶和紫金花狐貂。

了不起的中国传统文化 美绘版

趣读 **封神演义**

何家欢/编著　布谷插画/绘

4

山西出版传媒集团 三晋出版社

图书在版编目（CIP）数据

趣读封神演义：何家欢编著；布谷插画绘 . -- 太原：三晋出版社，2024.1

（了不起的中国传统文化：美绘版）

ISBN 978-7-5457-2798-2

Ⅰ . ①趣… Ⅱ . ①何… ②布… Ⅲ . ①《封神演义》一少儿读物 Ⅳ . ① I242.4

中国国家版本馆 CIP 数据核字 (2024) 第 033431 号

趣读封神演义（全 6 册）

编　　著：何家欢
绘　　者：布谷插画
责任编辑：薛勇强
助理编辑：张靖爽

出 版 者：山西出版传媒集团·三晋出版社
地　　址：太原市建设南路 21 号
电　　话：0351—4956036（总编室）
　　　　　 0351—4922203（印制部）
网　　址：http://www.sjcbs.cn

经 销 者：新华书店
承 印 者：雅迪云印（天津）科技有限公司

开　　本：787mm×1092mm　1/16
印　　张：15
字　　数：225 千字
版　　次：2024 年 1 月第 1 版
印　　次：2024 年 6 月第 1 次印刷
书　　号：ISBN978-7-5457-2798-2
定　　价：158.00 元（全 6 册）

如有印装质量问题，请与本社发行部联系　电话：0351—4922268

目录

闻太师亲征西岐

魔家四将战败的消息很快传到了朝歌，闻太师立刻向纣王请兵，要亲自带兵讨伐西岐。

纣王一听，心里乐开了花，心想闻太师一走，就没有人在朝中监督他了，便立马答应了闻太师的请求。

闻太师带着士兵浩浩荡荡地向西岐进发，路过绝龙岭时，他突然停了下来，看着那块刻着"绝龙岭"三个大字的石碣（jié）发愣。

手下邓忠问："太师为什么一直盯着这块石碣？"

闻太师说："当年师父叮嘱我，一旦遇到'绝'字，就要大难临头，这次怕是凶多吉少呀！"

邓忠说："太师多虑了，不过是一个字而已，你不必太在意。"

闻太师笑了笑，没再说什么。

到了西岐后，闻太师率大军和姜子牙的人马展开了一番较量。闻太师有一根神奇的金鞭，他将手中的金鞭一甩，只见那金鞭瞬间化成两条蛟（jiāo）龙扑向姜子牙。

姜子牙被金鞭打中肩膀，从四不像上跌落下来。哪吒等人赶紧上前帮忙，闻太师左右开弓连甩几鞭，打得几人不敢再靠近。

杨戬见状连忙迎上前去，闻太师一鞭抽来，正好打在他的脑门上，没想到只是迸（bèng）出几个火星，却没伤到杨戬分毫。

闻太师大吃一惊，没想到西岐还有如此奇人。

绝龙岭

姜子牙趁机使出打神鞭，将闻太师手中的金鞭打落在地。

闻太师见落了下风，急忙收兵。回到营地后，闻太师不禁发了愁。手下吉立看出闻太师的心思，他说："太师不必忧虑，你那么多同门道友，个个身怀绝技，不如找他们来帮你。"

闻太师高兴地说："好主意，你不说我差点儿忘了！"

闻太师连忙安排好军中的事务，骑上墨麒麟（qí lín）来到东海金鳌（áo）岛。十位道友正在那里操练，原来他们早就知道闻太师会来请他们出山，正在岛上演练阵法呢。

闻太师问道友们："这阵法有什么奇妙的地方？"

麒麟 一种传说中罕见的神兽。形似鹿，但体型较大，牛尾、马蹄，头上有独角。

秦天君说："我的是天绝阵，阵中高挂三面灵幡，凡是进入阵中的人，都会被雷劈成粉末。"

赵天君说："我的是地烈阵，阵中挂一面红幡，只要红幡飞起，阵内的人就会遭受雷鸣和烈火的攻击。"

金光圣母说："我的是金光阵，阵中有二十一根高杆，杆上挂着二十一面宝镜，一旦被宝镜的金光照到，就会立即化为脓血。"

……

十位道友一一介绍完自己的阵法，闻太师高兴地说："太好了！有诸位在，不愁平定不了西岐！"

这时，姚天君说："区区一个西岐，实在不值得动用十绝阵的力量。不如由我在落魄阵中做法，只需用三七二十一天，就能勾走姜子牙的魂魄，到时候西岐必将大乱。"

闻太师一听，连连叫好。

随着做法的日子一天天过去，姜子牙变得越发精神恍惚（huǎng hū），每天瞌（kē）睡不断，有时和将士们说不上两句话，便哈欠连连。

一天，侍卫忽然发现姜子牙竟然直挺挺地躺在床上，没有了呼吸。

姬发接到消息，马上赶到丞相府，抓着姜子牙的手大哭起来："这些年丞相日夜为西岐操劳，没有一天休息好，是我对不起丞相呀！"

杨戬在一旁感觉不大对劲，他摸

了摸姜子牙的胸口，说："大家先别太过伤心，师叔的身体还是热的，可能还有救。"

　　赤精子是元始天尊的第三位弟子，宝物为阴阳镜，可以将照到之人杀死或复活。他听说姜子牙有难，从**老子**那里借来太极图，用太极图护住全身，进入落魄阵中，将姜子牙的三魂七魄找了回来。

　　姜子牙醒来后得知闻仲请来了十位厉害的道友，心想："以现在西岐的兵力，恐怕很难对付这十绝阵啊！"

　　正在姜子牙发愁的时候，太乙真人、广成子、广法天尊、道德真君等一众道人纷纷降临西岐。他们都听说姜子牙遇到了难处，特意前来相助。

　　姜子牙高兴地说："太好了！有诸位道友帮忙，不愁破不了这十绝阵！"

老子　本名李聃（dān），在《封神演义》中老子与元始天尊、通天教主同为鸿钧老祖的弟子，坐骑为板角青牛。

燃灯道人智破十绝阵（上）

西岐城中，大家齐聚一堂，商议该如何破这十绝阵。在众人的极力推举下，元始天尊的大弟子——燃灯道人被选为破阵首领。

三天后，两军正式开始交战。闻太师一方的秦天君率先开启天绝阵。只见他在阵内挥动幡旗，一声炸雷响起，将燃灯道人派来破阵的弟子劈（pī）倒在地。

广法天尊厉声呵斥道："你不好好修炼，来这里做什么！"

秦天君笑道："少废话，有本事进来破我的阵法！"

广法天尊踏入阵中，只见他脚下生出两朵莲花，口中吐出一朵金莲，左手的五根手指生出五道白光，白光的尽头是五朵金光闪闪的莲花。顿时，风停了，雷声也息了。秦天君不断晃动灵幡，可是阵中却变得寂静无声。

广法天尊说："既然你不知悔改，就休怪我无情了！"说完就亮出遁（dùn）龙桩，杀了秦天君。

闻太师见秦天君被杀，气得就要冲上去报仇，赵天君连忙拉住了他，冲着对面说："有本事来破我的地烈阵！"说罢便跳入阵内。

西岐派出道行天尊的弟子韩毒龙前去应战。韩毒龙刚刚进入阵内，就感觉周围狂风四起，天上雷声隆隆，地上烈火熊熊，没多一会儿人就被烧成了灰烬（jìn）。

惧（jù）留孙进入阵中，他是元始天尊的十二弟子之一，独门绝学为地行术，法宝有捆仙绳、如意乾坤袋。他先用祥云保护自己不受烈火焚烧。紧接着，又让黄巾力士用捆仙绳绑住赵天君，将他狠狠地摔在地上。顿时，地烈阵也被破解了。

燃灯道人和闻太师各有损失，便约定各自回营，明日再战。

第二天，董天君开启了风吼阵，燃灯道人先派方弼（bì）前去探路，紧接着又命慈航道人前去破阵。

慈航道人拿着从度厄（è）真人那里借来的定风珠进入阵中，只见阵内狂风大作，无数兵刃袭来，却不能伤他分毫。

董天君见慈航道人安然无恙（yàng）地站在阵中，感觉很奇怪。就在这时，慈航道人突然将手中的清净琉璃

瓶抛向空中，那瓶子吐出一股黑气，将董天君吸到了瓶子里，没多一会儿，董天君就在瓶中化成了一摊水。

接下来是袁天君的寒冰阵。前去破阵的是普贤真人。他看见一座冰山向自己扑面而来，从容地伸出一根手指，只见一朵祥云从指尖升腾起来，背后射出万道金光。冰山被这金光一照，开始融化，不一会儿冰山就完全消失不见了。

金光圣母见寒冰阵已破，大喝（hè）一声："谁来破我的金光阵！"

这金光阵内有二十一根杆子，每根杆子上都挂着一面宝镜，只要金光圣母一施法，那些宝镜便开始震动，发出明晃晃的金光。

广成子走进金光阵，他有八卦衣护身，可以不受金光的伤害。他趁

　　机取出法宝番天印，一连击碎了十九面宝镜。

　　金光圣母大惊失色，连忙抓住仅剩的两面宝镜，可是，还没等她再次施法，就被广成子用番天印将她的脑袋砸开了花。

　　随后，太乙真人踏进了孙天君的化血阵。这阵中黑砂弥漫（mí màn），凡是碰到黑砂的人，都会变成血水。太乙真人站在青莲之上，从他的指尖射出一道白光，白光顶端生出一朵祥云，正好护住太乙真人的头顶。

　　孙天君抓起一把黑砂向太乙真人抛去，没想到这黑砂打在云朵上竟消失得无影无踪（zōng）。孙天君见势不妙，抬腿就想跑，却被太乙真人的九龙神火罩（zhào）困在其中，瞬间烧成了灰烬。

　　两天时间，十阵已破了六阵，双方约定明日再战。闻太师回营后，眼含热泪说："如今已有六位道友惨死，我实在不忍心再让你们中的任何人受到伤害，你们都回去吧，明天就让我和姜子牙决一死战。"

燃灯道人智破十绝阵(下)

闻太师正在发愁，忽然想起了峨眉山罗浮洞的赵公明，心想此人法力高强，一定能帮助自己平定西岐。

闻太师立刻骑着墨麒麟前去邀请赵公明。赵公明非常爽快地答应了闻太师。战场上，赵公明拿出了他的法宝定海珠，那宝珠能发出五光十色的光芒，就连神仙见了也会头晕目眩（xuàn）。赤精子、广成子、道行天尊、玉鼎真人纷纷着了他的道。

燃灯道人自知打不过赵公明，骑着鹿掉头就跑。赵公明在后面一路追赶，然而半路上，却被两个在路边下棋的人拦住了去路。

"赵公明，我们是武夷山散人萧生、曹宝，我们劝你快快回峨眉山潜心修行，否则休怪我二人手下无情！"

赵公明自恃（shì）本领高强，哪肯就此罢手，可是对方的法宝显然**更胜一筹**（chóu），将他的缚（fù）龙索和定海珠统统收于囊（náng）中。

赵公明心想："没有宝物，这还怎么打？不行，我得去一趟三仙岛！"

赵公明骑着黑虎来到了三仙岛，从云霄妹妹那里借来了金蛟（jiāo）剪。这下他又有法宝可以对付燃灯道人他们了。

战场上，燃灯道人见赵公明的金蛟剪实在厉害，也没有和他硬碰硬。回营地后，他和众人商议破解之法，西昆仑陆压说："我有个方法，可以不费一兵一卒（zú）。"

原来，陆压听说闻太师曾经命人做法，带走了姜子牙的三魂七魄。他决定也用这个方法去对付赵公明。

自从陆压开始施法之后，赵公明每天都无精打采、坐卧不宁，完全没有心思去打仗了。

更胜一筹 意思是指技艺或技能，比别人更好一些。

　　白天君见赵公明无心作战，便自己到西岐城下叫阵："哪个来破我的烈焰阵？"

　　这次，陆压前来应战，他随白天君跳入阵中。阵中燃起熊熊烈火，烧了足足两个时辰，陆压却毫发无损。白天君仔细一看，原来陆压的手中拿着一个宝葫芦，可是还没等他弄清楚其中的名堂，那宝葫芦突然射出一道光来，瞬间将他击倒在地。

　　姚天君见状，赶紧摇幡启动落魄阵。赤精子身穿八卦衣，手持阴阳镜跳入阵中。

　　姚天君看到赤精子，气就不打一处来："上次就是你坏了我的好事，看我不收拾你！"

　　赤精子有宝衣护身，姚天君的法术对他根本不起作用。他拿起阴阳镜冲姚天君一照，阵法瞬间瓦解。

接下来是王天君的红水阵，只见他打破一个葫芦，滚滚的红水从里面流了出来。不论是人还是仙，只要沾上这红水，就会瞬间化成青烟。

前来破阵的道德真君见识过这红水的厉害，他先是用祥云护住全身，紧接着又拿出五火七禽（qín）扇，对着空中一扇，空中立马出现了五团火焰和七种灵鸟。那鸟儿飞到王天君的身上，将他的魂魄带走了。

十绝阵已经破了九阵，只剩下最后的红沙阵。燃灯道人对姜子牙说："这个阵需要一个有福气的人才可破解，你去请姬发来，只有他能破解此阵！"

姬发得到消息后马上就赶来了。燃灯道人问："此阵只有有福气的人才能破解，你愿意去破阵吗？"

姬发说："众位大师如此尽心尽力，我怎能不进阵内呢？"

燃灯道人在姬发的衣服里贴了两张符，又在他的帽子里塞了一张符，然后，便让哪吒和雷震子陪着姬发一起走进红沙阵。

张天君见有人走入阵中，随即施法扬起红沙，凡是这红沙所到之处，瞬间化为利刃，将人变成粉末。姬发、雷震子和哪吒刚刚走进阵中，就被红沙击中，昏死过去。

大家见姬发昏倒，想要进阵营救。燃灯道人却拉住大家说："不要着急，被困只是暂时的，一百天后，自然就会出来。大家不用担心。"

三霄姐妹巧设黄河阵

这天，三仙岛上的琼（qióng）霄、碧霄、云霄三位仙姑得知哥哥赵公明病亡的消息，急忙赶到闻太师的营地。

云霄和琼霄看到赵公明的尸体，哭得泣不成声，碧霄说："这陆压欺人太甚，我一定要为哥哥报仇雪恨！"

三姐妹找来六百名将士，开始演练九曲黄河阵。这九曲黄河阵十分复杂，虽然只用六百名将士，却可以有万千种变化。

半个月后，九曲黄河阵练成。三姐妹来到城外叫阵："姜子牙，有本事来破我们的阵法！"

只见六百名战士迅速摆好阵势，云霄将法宝混元金斗抛向空中。这混元金斗十分厉害，西岐的将士只要敢上前，便会被混元金斗夺去兵刃，丢入黄河阵中。

杨戬、金吒、木吒最先被扔进黄河阵，又过了一会儿，赤精子、广成子、广法天尊、慈航道人、太乙真人、惧留孙等人也都被扔了进去。

他们在阵中左转右绕，就是走不出去。没过一会儿，大家就被这变幻莫测的阵法弄得头晕目眩（xuàn），晕倒在地。

很快，西岐军就只剩下姜子牙和燃灯道人还没入阵。姜子牙手里拿着杏黄旗，混元金斗也拿他没有办法。燃灯道人眼见混元金斗朝自己这边飞来，慌忙使出土遁术逃回了西岐城内。

这一战，西岐大败，姜子牙和燃灯道人一时间不知该如何是好，只好请元始天尊前来相助。

元始天尊驾临西岐城，他见姜子牙和燃灯道人一副垂头丧气的样子，安慰说："你们不必担心，我先去阵里看一看。"

元始天尊来到黄河阵内走了一遭。云霄没想到会惊动元始天尊，顿时有些手足无措，她问琼霄和碧霄："师伯来了，咱们把他的弟子都关在阵内，怎么向他解释呀？"

琼霄却说："他又不是咱们师父，怕他做什么？"

元始天尊从黄河阵中回来后，对姜子牙说："可怜我的十二个弟子，一身修行，如今却像凡人一样被困在阵中。"

姜子牙问："师父，这可如何是好呀？"

元始天尊说："如今只有老子能破她们的阵法。"

姜子牙正想着去请老子来破阵，忽然，天边彩霞弥漫，悠扬的仙乐从四面八方传来。他们抬头一看，正是老子骑着青牛从天而降。

老子带着元始天尊、姜子牙和燃灯道人前去破阵。老子没想到阵中困了这么多人，一时看得愣了神。琼霄趁老子不注意，悄悄将金蛟剪和混元金斗拿了出来，没想到宝物刚一出手，就被老子收走了。

三霄姐妹见宝物被夺，急忙冲上去想要抢回来。可是她们哪里是老

南极仙翁 掌控人间寿命的老仙人，骑着仙鹤或仙鹿。

子的对手。没过一会儿，她们就被黄巾力士带走了，黄河阵也随之消失不见了。

困在黄河阵中的将士和道人们纷纷醒来，拿回了自己的兵刃和法宝。元始天尊对他们说："我要回昆仑山了，南极仙翁会助你们破红沙阵。"

这时，距离姬发被困红沙阵刚好过去了一百天。张天君守在红沙阵中，他见南极仙翁带着徒弟白鹤童子走进阵内，抓起一把红沙就扬了过去。没想到南极仙翁早有准备，他用手中的五

火七翎（líng）扇轻轻一扇，便将红沙扇走了。

张天君见红沙不起作用，拔腿便逃。白鹤童子取出三宝玉如意，将他打倒在地。

红沙阵一破，哪吒和雷震子都苏醒过来了，只有姬发还昏睡不醒。他们将姬发背回西岐城内，燃灯道人将事先准备好的丹药给姬发服下，不一会儿，姬发也醒了过来。

闻太师命丧绝龙岭

燃灯道人见十绝阵已破，对众人说道："十绝阵已破，眼下正是和闻太师一决高下的大好时机！"

第二天，姜子牙带兵到闻太师的营地外叫阵。姜子牙见闻太师出来应战，笑呵呵地问："闻太师，你来西岐这么久了，还没讨伐成功，是不是还有什么好阵法没有使出来？"

闻太师气得**咬牙切齿**，提鞭打向姜子牙，姜子牙也挥出打神鞭，正好打中闻太师的左肩。龙须虎见两人势均力敌，急忙上前来帮忙，闻太师知道自己不是对手，慌忙带兵逃走了。

闻太师一心想带兵返回朝歌，可是燃灯道人早就预料到他会走哪条路，已命人在路上把守。

闻太师见燕山和桃花岭都通不过，只好带兵前往黄花山，没想到半路上却突然杀出一队人马。只见哪吒脚踩风火轮站在最前面，大声喊道："闻太师，你今天休想再回朝歌！"

咬牙切齿 由于极端愤怒或为忍住极大的痛苦而咬紧牙齿。

闻太师挥鞭向哪吒打去，他手下的士兵也火速将哪吒团团围住。哪吒根本没把他们放在眼里，扔出乾坤圈将他们一一打翻在地。闻太师没有心思再打下去，急忙率兵逃走。

　　第二天，闻太师带兵继续往黄花山走，没想到半路又遭遇了西岐军的偷袭。经过几次围追堵截（jié），闻太师的人马已经所剩不多，他们在山林里迷了路，一直在原地转来转去。这时有一个砍柴人经过，告诉了他们青龙关的方向。

闻太师没想到的是，这个砍柴人正是杨戬所变，闻太师按照他指的路，带兵走上了绝龙岭。

　　此刻，云中子已经在山上等候多时，他说："闻太师，这里就是绝龙岭，你遇到'绝'字定会丧命，何不束手就擒？"

　　闻太师冷笑一声，说："以你这点儿道行，想让我丧命，恐怕还差得远呢！"

　　云中子说："那你敢进我的阵里来吗？"

　　闻太师说："有何不敢？"说罢便踏入阵中。

　　这时只听见一阵雷鸣，阵内突然生出八根通天神火柱，云中子发动掌心雷，震开神火柱，每根柱内都生出数十条火龙。瞬间，上百条火龙在阵内来回游走，口吐烈焰。

闻太师身在其中，却未伤到分毫，他说："云中子，你该不会就这点儿能耐吧！那我可就告辞了！"

闻太师话音未落，脚底便生出一道白光，他想要乘着白光逃出火海。可他不知道的是，天空中正扣着燃灯道人的紫金钵盂（bō yú）。他刚刚离开火海，就撞到了紫金钵盂上，又跌（diē）入火海，最后被烧成了灰烬。

当天晚上，纣王做了个梦，梦中闻太师对他说："大王，我奉命征讨西岐，却屡战屡败，今日我命丧西岐，以后不能再为你效力了，希望大王以后能专心朝政，不要再**执迷不悟**了！"

纣王猛然从睡梦中惊醒，对妲己说："闻太师托梦给我，说他已经死在西岐了。"

妲己说："日有所思，夜有所梦。你一定是太过惦（diàn）念闻太师了，才会做这样的梦。"

纣王听了妲己的话，觉得很有道理，也就没有当回事。可是没过多久，他就接到了闻太师战死西岐的消息。

执迷不悟 坚持错误而不觉悟。

土行孙遁地显神通

　　纣王得知闻太师战死沙场后非常气愤，他当着满朝文武的面问道："谁能带兵出征，把姜子牙抓回朝歌？"

　　一位大臣说："三山关总兵邓九公可以前去征讨西岐！"

　　纣王当即同意，命邓九公前去攻打西岐。

　　邓九公接到命令，安排好军中事务，正准备出发，一个名叫土行孙的小矮人突然前来拜访，想要留在军中助他**一臂之力**。

　　邓九公心想："一个小矮人，能有什么用？"但还是让他留了下来。

　　邓九公到达西岐后，来到城下叫阵。黄飞虎骑着五色神牛前去应战，邓九公虽然一把年纪，但是**老当益壮**，本领高强，几个回合之后，黄飞虎没有占到半点儿便宜。哪吒连忙抛出乾坤圈，差点儿将邓九公从马上打下来。

> **一臂之力** 意思是指一部分力量或不大的力量，表示从旁帮一点儿忙。
>
> **老当益壮** 年纪虽老而斗志更坚、干劲更大。

邓九公的女儿邓婵（chán）玉见父亲受伤，恨得咬牙切齿。第二天，她便亲自带兵出征，指名道姓要哪吒前来应战。

哪吒压根没把邓婵玉放在眼里，心想："一个女将，有什么可害怕的？"

两人大战了几个回合，邓婵玉落了下风，骑马就要逃跑，哪吒赶紧趁势追了上去。没想到这时，邓婵玉突然回头射出一颗五光石，正好打在哪吒的脸上，将他打得鼻青脸肿。

第二天，黄天化出城迎战，同样被邓婵玉的五光石打得鼻青脸肿。

第三天，杨戬和龙须虎一起出城迎战，邓婵玉看到龙须虎的长相很是好奇，问道："你是什么妖怪？"

龙须虎说："我乃姜丞相的弟子龙须虎，今天就是来收拾你的！"说完便向邓婵玉扔了一把石头。

邓婵玉故技重施，假装逃跑，趁其不备回头用暗器将龙须虎打倒在地。

杨戬赶紧上来帮忙，邓婵玉又扔出两颗五光石，杨戬的脸上被石头打得乒乓作响，却没有受伤。

邓婵玉大吃一惊，杨戬趁邓婵玉愣神的工夫，放出**哮**（xiào）**天犬**，一口咬在了邓婵玉的腿上。

邓九公和邓婵玉的身上都挂了彩，无法再继续作战。这时，土行孙**自告奋勇**，申请出战。

战场上，哪吒见对方阵前站了个不过四五尺高的小矮人，惊讶地问道："你是哪位？"

"我乃邓九公手下的土行孙，今天特地来捉你！"

哪吒哈哈大笑："我看你是来送死的！"他见对方个头实在太小，自己在风火轮上也施展不开，就跳下了风火轮。

这土行孙人如其名，最擅长土遁之术，见哪吒的火尖枪刺过来，便钻进土里躲开，一会儿趁哪吒不注意，又钻出来，在哪吒的腿上打几棍。

哪吒疼得龇（zī）牙咧嘴，取出乾坤圈就要打土行孙。土行孙抢先一步掏出他的法宝捆仙绳，将哪吒捆起来，带回了营地。

第二天，黄天化前去应战，也和哪吒一样被捆仙绳绑了去。

两员大将先后被抓走，姜子牙着了急，他思来想去，也不知道对方究竟用的是什么法术。

土行孙打了胜仗，邓九公高兴极了，许诺（nuò）土行孙要是抓住姜子牙，就把女儿嫁给他。土行孙信以为真，不由得有些飘飘然，打算乘胜追击，准备夜里偷偷潜入西岐大营刺杀姬发和姜子牙。

哮天犬 哮天犬是二郎神杨戬身边的神兽，辅助他冲锋陷阵，斩妖除魔。

自告奋勇 主动要求承担某项艰巨的任务。

当天晚上，土行孙借土遁之术悄悄潜入姜子牙的房间，但是，姜子牙屋中站了好几个人，一时间没法下手，于是，他转身又去了姬发的房间。

姬发正在床上睡觉，土行孙大刀一挥就把姬发的头砍了下来。姬发身旁的妃子吓得瑟（sè）瑟发抖，央求土行孙饶她一命。

土行孙说："要我饶你一命也行，你得乖乖跟我回去，好好服侍我。"说罢，他便抓起那女子的手，没想到那女子突然扣住他的手，用绳索将他捆了起来，并大声说："你再看看我是谁？"

土行孙抬头一看，竟然是杨戬，刚才的姬发也是他用法术幻化而成的。

杨戬将土行孙带到姜子牙面前，叮嘱大家："千万别让他的脚着地，否则他就逃走了！"

不料这时，土行孙竟然从绳索中挣脱出来，"嗖"的一下消失在土里不见了。

人物档案

闻太师
闻仲，商朝的重臣，师从截教的碧游宫金灵圣母，拥有极高的道术和武艺。坐骑是墨麒麟，手使雌雄鞭，是商朝的忠诚之臣。

燃灯道人
元始天尊的弟子之首，阐教仙人之一，居于灵鹫山元觉洞。修炼得道，拥有极高的道术和智慧。

姬发
也称周武王，周文王次子，于公元前十一世纪消灭商朝，建立了西周王朝，成为中国历史上一代名君。

赵公明
截教弟子，也是闻太师的得力助手。他协助闻太师攻打西岐，拥有法宝黑虎坐骑和定海珠等。

三霄姐妹
云霄、琼霄、碧霄，截教弟子，居住在碣石山碧霞洞，法宝分别是金蛟剪、混元金斗和飞剑。

土行孙
惧留孙的大弟子，身材矮小，但本领高强，尤其擅长土遁之术。

邓九公
殷商时期的三山关第一任总兵，继闻仲之后讨伐西周的大将。勇猛善战，武艺高强，擅长使用大刀和长枪等武器。

邓婵玉
邓九公之女，土行孙之妻，年轻貌美，性格刚烈，武艺高强，擅长使用五光石。

了不起的中国传统文化 美绘版

趣读 封神演义

何家欢/编著　布谷插画/绘

5

山西出版传媒集团　三晋出版社

图书在版编目（CIP）数据

趣读封神演义：何家欢编著；布谷插画绘 . -- 太
原：三晋出版社，2024.1
　　（了不起的中国传统文化：美绘版）
　　ISBN 978-7-5457-2798-2

　　Ⅰ . ①趣… Ⅱ . ①何… ②布… Ⅲ . ①《封神演义》
—少儿读物 Ⅳ . ① I242.4

中国国家版本馆 CIP 数据核字 (2024) 第 033431 号

趣读封神演义（全 6 册）

编　　著：何家欢
绘　　者：布谷插画
责任编辑：薛勇强
助理编辑：张靖爽

出 版 者：山西出版传媒集团·三晋出版社
地　　址：太原市建设南路 21 号
电　　话：0351—4956036（总编室）
　　　　　0351—4922203（印制部）
网　　址：http://www.sjcbs.cn

经 销 者：新华书店
承 印 者：雅迪云印（天津）科技有限公司

开　　本：787mm×1092mm　1/16
印　　张：15
字　　数：225 千字
版　　次：2024 年 1 月第 1 版
印　　次：2024 年 6 月第 1 次印刷
书　　号：ISBN978-7-5457-2798-2
定　　价：158.00 元（全 6 册）

如有印装质量问题，请与本社发行部联系　电话：0351—4922268

目录

邓九公归顺西岐

　　杨戬好不容易抓住土行孙，却又让他逃走了。不过，杨戬还是看出了些**端倪**（ní），心想："土行孙的绳索很像是惧留孙的捆仙绳，不如我去他那儿问一问。"

　　杨戬来到夹龙山飞云洞，将土行孙的事告诉了惧留孙。惧留孙生气地说："这个孽（niè）徒，私自下山不说，还偷走了我的宝物，等我去收拾他！"

　　惧留孙来到西岐，他让姜子牙前去叫阵，自己则悄悄藏起来，等土行孙拿出捆仙绳时，他则不动声色地将宝物收走了。

　　土行孙见捆仙绳突然消失了，顿时慌了神，他一抬头，猛然看见师父惧留孙。

　　惧留孙问："土行孙，你要做什么？"

　　土行孙吓坏了，只想马上遁地离开这里。惧留孙早就料到他会逃跑，随手一点，把土地变得坚硬无比，土行孙原地蹦（bèng）了几下，怎么也钻不进土里。

　　土行孙知道自己逃不出师父的手掌心，连忙跪下来求饶："师父，我知道错了，都怪我听信了申公豹的挑唆（suō），你就饶了我吧！"

端倪 事情的头绪、迹象。

天作之合 指天意安排的美满的婚姻。

惧留孙气得不轻："你这个孽畜，竟然还想行刺姬发和你师叔，险些犯下大错！"

土行孙委屈地说："还不是邓九公说要把女儿嫁给我，我才一时昏了头。"

惧留孙对姜子牙说："土行孙和邓婵玉是**天作之合**，两人若能结成姻缘，邓九公必定会投靠西岐，这岂不是两全其美？"

姜子牙一听，觉得很有道理，于是便派人前去邓九公的大营撮（cuō）合二人。但是邓九公根本不承认自己许过的诺言，说："我邓九公就这么一个女儿，怎么能随随便便就把她嫁出去？"

土行孙知道后又急又气，姜子牙对他说："既然他言而无信，就休怪咱们无情了。明天你就去把邓婵玉抢回来，其他的以后再说！"

土行孙一听，顿时喜笑颜开。第二天，他就借土遁之术来到邓婵玉的军帐内，用捆仙绳捆住邓婵玉，扛着她一溜烟儿地跑了回来。

邓婵玉看到土行孙，眼泪止不住地流下来。土行孙连忙劝说道："纣王听信谗言，杀害忠臣，还造鹿台，建酒池肉林，这样的人当大王，百姓还能有活路吗？再看看姬发，对待百姓像对自己的孩子一样，你又何必非得效命于纣王呢？"

　　邓婵玉被土行孙的话打动了，说："我想回去说服我的父亲一起投奔西岐。"

　　邓婵玉回到大营，把心里的想法说给父亲。邓九公沉思良久，说："你说得很有道理，我们一起投奔西岐吧！"

　　邓九公归顺西岐的消息很快传到了王宫。纣王听后，火冒三丈，在大臣的建议下，决定派苏护前去讨伐西岐。

　　苏护接到旨意，高兴得不得了。自从他将女儿送进宫中，纣王就像变了个人，人人都说是他教女无方，把怨气撒在他头上。苏护心想："既然如此，我不如就借此机会投奔西岐，这样就不用再遭受天下人的耻笑了！"

苏护带着大军来到西岐城下，他已经做好了投诚的打算，可是手下将领郑伦却不愿投靠西岐，他对苏护说："将军，你为大王效命，怎么能带兵投靠西岐呢？你要是想去就自己去，我一定要和他们决一死战！"

　　苏护一时间拿郑伦也没有办法，只能由他去西岐城下叫阵。

　　郑伦有三千乌鸦兵傍（bàng）身，鼻子一哼，呼出两道白光，便可乱人心神。黄飞虎和黄天化被他的法力弄得心神混乱，从坐骑上跌落下来，被郑伦带回了营地。

　　苏护知道郑伦是个死心眼，他悄悄放走了黄飞虎和黄天化，并对他们说："郑伦是个难得的猛将，我再想办法说服他，你们先回去告诉姜丞相我的打算，我见机行事。"

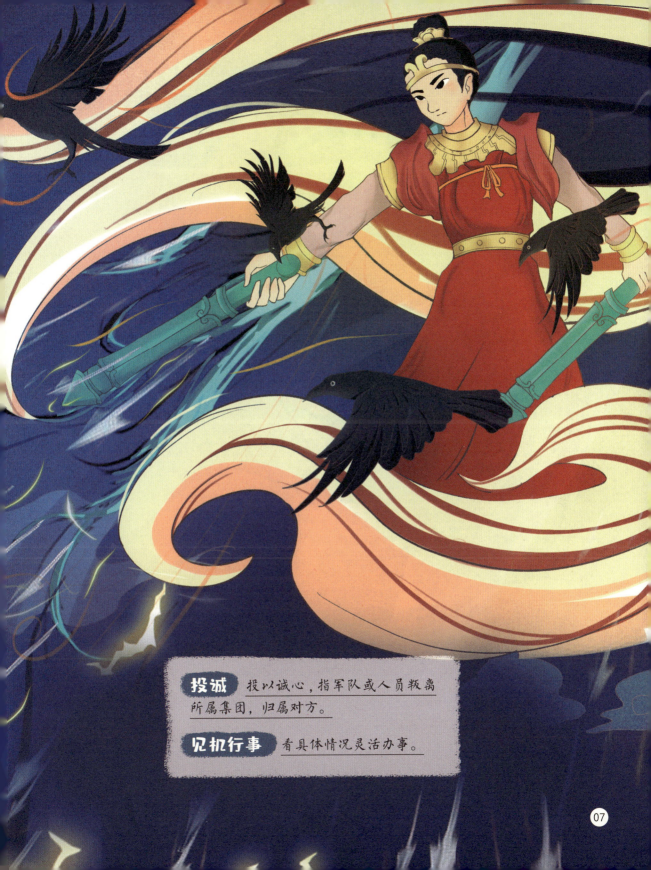

投诚 投以诚心，指军队或人员叛离所属集团，归属对方。

见机行事 看具体情况灵活办事。

殷洪下山反西岐

话说赤精子在破十绝阵之后，就一直在洞中修炼。一天，他把徒弟殷洪叫到身边，对他说："西岐的姬发是个好君主，你的师叔姜子牙正在辅佐他，不如你去西岐助他们一臂之力吧！不过，我有点儿担心……"

殷洪问："师父，你担心什么？"

赤精子说："你是纣王的儿子，我担心你不会辅佐姬发。"

殷洪说："师父请放心，我虽然是纣王的儿子，但是他听信妲己的话，害死我母亲，我一定要为母亲报仇雪恨！"

"希望日后你不会忘记今天说的这些话。"赤精子说完便将宝物交给殷洪，让他下山去了。

殷洪下山后正在路上走，看到一个骑虎的道士迎面而来。此人正是申公豹。

申公豹和姜子牙同在元始天尊的门下修行，他眼红姜子牙能得到师父的真传，一直把姜子牙视为自己的死对头。他特地赶来拦住殷洪，就是想说服他去对抗西岐。

殷洪说："师叔，我已经答应师父要去帮助姜子牙师叔。更何况妲己害死我的母亲，我和她**势不两立**！"

势不两立 敌对的双方不能同时存在，比喻矛盾不可调和。

申公豹说："自古以来，哪有儿子攻打父亲的道理？你好好想想，纣王死后，这天下自然而然就是你的。你现在却要帮着姬发打纣王，这不是白白将天下拱手让人吗？至于妲己，等你当了大王，想要处置她还不容易，何必计较这一时的得失？"

殷洪一听，觉得很有道理，当即决定投奔苏护大营，攻打西岐。

第二天，殷洪带兵到西岐城下叫阵，姜子牙前去迎战。他挥出打神鞭，但是殷洪有赤精子给的宝衣护身，打神鞭根本不能伤他分毫。

哪吒赶紧上前帮忙，殷洪见状，亮出了法宝阴阳镜。这阴阳镜可摄取人的三魂七魄，普通人毫无抵挡之力，但哪吒是莲花化身，阴阳镜对他完全不起作用。

一旁的杨戬一眼看出殷洪的法宝乃是赤精子的阴阳镜，于是他火速前往太华山，将赤精子请了过来。

赤精子看到殷洪气不打一处来，强压下心中的怒火，问道："殷洪，你还记得你下山前和我说过的话吗？"

殷洪说："师父，我是纣王的儿子，怎能帮助外人攻打我的父亲？"

赤精子一听挥剑便向殷洪劈去，一连劈了几剑，都被殷洪躲了过去。

殷洪说："师父刚才劈我三剑，我没有还手，权当是报师父当年的救命之恩和教导之情，你要是再逼我，就休怪我手下无情了！"

赤精子没有理会殷洪，挥剑劈了过去。几个回合过后，殷洪见实在抵挡不过，又拿出了阴阳镜。

赤精子知道这宝物的厉害，赶紧施法离开了。他真是后悔极了，没想到辛苦教出来的徒儿竟然变成这个样子。

这时，慈航道人赶来，对赤精子说："道兄，当初我们破十绝阵的时候，你不是借了太极图吗？如今只有用这太极图才能捉住殷洪！"

赤精子一听，心中有些不忍，因为他知道只要太极图一出，殷洪必死无疑。

第二天，殷洪又带大队人马到城下叫阵。姜子牙前来应战，几个回合过后，姜子牙假装抵挡不过，向南方逃跑，殷洪也追了上去。

赤精子见殷洪跑过来，连忙抖开太极图，那太极图幻化出一座金桥，姜子牙骑着四不像走上桥去，殷洪也跟着走了上去。

殷洪进入太极图后，顿时感觉心烦意乱，只要他稍微一动念头，念头中的事物就会出现在他的眼前。他刚刚想："这里不会有追兵吧！"转瞬间就看见追兵追杀而来。他又想起自己的母亲，于是，姜王后便出现了，她流着泪说："孩儿呀，你明明向师父许下诺言，为何又出尔反尔，你这是自寻死路呀！"

殷洪大喊："母亲，救我！"这时，姜王后消失了，只见赤精子站在自己的面前。殷洪慌忙磕头认错："师父，我错了，求求你救我一命吧！我愿意投靠西岐，攻打纣王，求求你啦！"

赤精子泪流满面，心痛不已，然而此时已经再无退路，他将手中的太极图一抖，殷洪便化成一缕青烟消散了。

殷郊命丧西岐山

　　苏护听说殷洪死去的消息，对郑伦动之以情，晓之以理，终于说服他一同投奔西岐。

　　话说广成子正在九仙山桃源洞中修练。一天，他把殷郊叫到身边，问道："姬发将要东征，讨伐纣王，你想去助他一臂之力吗？"

此时的殷郊已经不再是当初那个文弱少年，而是幻化成了一个三头六臂、青面獠（liáo）牙的奇人。他对师父说："我虽然是纣王的儿子，但是他听了妖精的话害死我的母亲，我要为母亲报仇！"

广成子欣慰地点了点头，交给殷郊一杆方天画戟，还把镇山之宝番天印、落魂钟和雌（cí）雄剑都传给殷郊，并且叮嘱他千万不可中途反悔。

殷郊答应师父决不改变心意，然后便出发下山了。没想到，申公豹早就在路上等着他。他又把当初游说殷洪的那些话拿来说服殷郊，但殷郊谨（jǐn）记对师父的诺言，不愿投奔纣王。

申公豹着急地说："你以为那姜子牙是什么好人吗？你弟弟殷洪奉他师父的命令投奔姜子牙，结果姜子牙为了邀功，把他骗进太极图，害他丢了性命！"

殷郊听说殷洪已经死了，顿时红了眼圈，说道："我弟弟已经死了？你说的是真的吗？"

申公豹说："你若不信，去问问纣王派来的将士就知道了。"

殷郊一心想知道殷洪的消息，于是告别了申公豹，匆匆赶往西岐城外的纣王大营。

自打苏护投奔西岐后，纣王又派三山关总兵张山带兵前去征讨西岐。可是这张山根本不是西岐将领们的对手，首战就被邓九公、邓婵玉父女打得落荒而逃。他正发愁接下来该怎么办，殷郊就找上门来。

张山看出来殷郊和弟弟的感情很好，便把殷洪被姜子牙骗进太极图的事**添油加醋**地说了一遍。殷郊听后气得两眼通红，恨恨地说："我要杀了姜子牙，为我弟弟报仇！"

第二天，殷郊便到城下叫阵，点名要姜子牙来见他。

姜子牙刚一出现，殷郊故作冷静地问道："姜师叔，可是你将我弟弟殷洪骗进太极图的？"

姜子牙不知道是申公豹从中搞鬼，坦荡地回答："是他自己出尔反尔，才落得如此下场。"

殷郊一听，恨不得立刻要了姜子牙的命。他拿着方天画戟冲上前去，向姜子牙连刺了好几下，都被姜子牙一一躲过了。几个回合过后，殷郊拿出番天印，姜子牙知道这宝物的厉害，赶紧展开杏黄旗。只见从那杏黄旗中射出万道金光，千朵莲花飞升出来，围绕在姜子牙的身边，将他保护起来。

添油加醋 形容叙述事情或转述别人的话时，为了夸张、渲染，添上了原来没有的内容。

这时，广成子也带着三面宝旗来到西岐。殷郊下山后，广成子担心殷郊会改变主意，一直在追踪他的消息，后来知道他真的投奔了纣王那边，便从三位道友那里借来了三面宝旗，前来捉他回去。

广成子手中的三面宝旗，再加上姜子牙的杏黄旗，一共四面旗子。广成子把这四面旗子分别交给燃灯道人、广法天尊、赤精子和姬发，吩

咐他们镇守西岐山的中、东、南、西四个方位。

殷郊见打不过姜子牙，便想回朝歌搬援兵，没想到刚刚奔到五关，就见广法天尊守在那里。广法天尊展开青莲宝色旗，殷郊手中的番天印顿时失去了法力。

他转身向西岐山南面跑去，还没跑多远，就听到赤精子大喊道："殷郊，你违背了诺言，今天**在劫难逃**！"

殷郊想到弟弟死在赤精子的手中，顿时怒火中烧，他抛出番天印，赤精子急忙展开手中的离地焰火旗，抵挡住了番天印的法力。

眼见法宝再次失灵，殷郊慌忙收回番天印，企图从中路和西路逃出西岐山，可是燃灯道人和姬发早已拿着宝旗守在那里了。殷郊这下慌了，大喊："各位道长，你们为何如此苦苦相逼？"

慌乱中殷郊骑马向北方一路狂奔，这时一座大山挡住了他的去路。殷郊突然计上心来，他取出番天印，念动真言，在山间开辟出一条小路来。

殷郊高兴极了，赶紧骑马奔向小路。就在这时，燃灯道人出现了，只见他双手合十，刚刚分开的大山又重新合拢（lǒng）在了一起，殷郊也随之消失不见了。

在劫难逃 命里注定要遭受的灾难是无法逃脱的，也用来指某种灾害不可避免。

19

洪锦归顺结连理

殷郊战死的消息传回朝歌，纣王又派出三山关总兵洪锦出征西岐。洪锦亲自来到西岐城下，叫喊着要姜子牙出城应战。

姜子牙骑着四不像出城来，洪锦立马提刀冲了上去，姜子牙身边的姬叔明连忙迎上来。两个人打了三四十个回合，也没有分出胜负。这时，洪锦突然取出一面旗子，插在了地上。

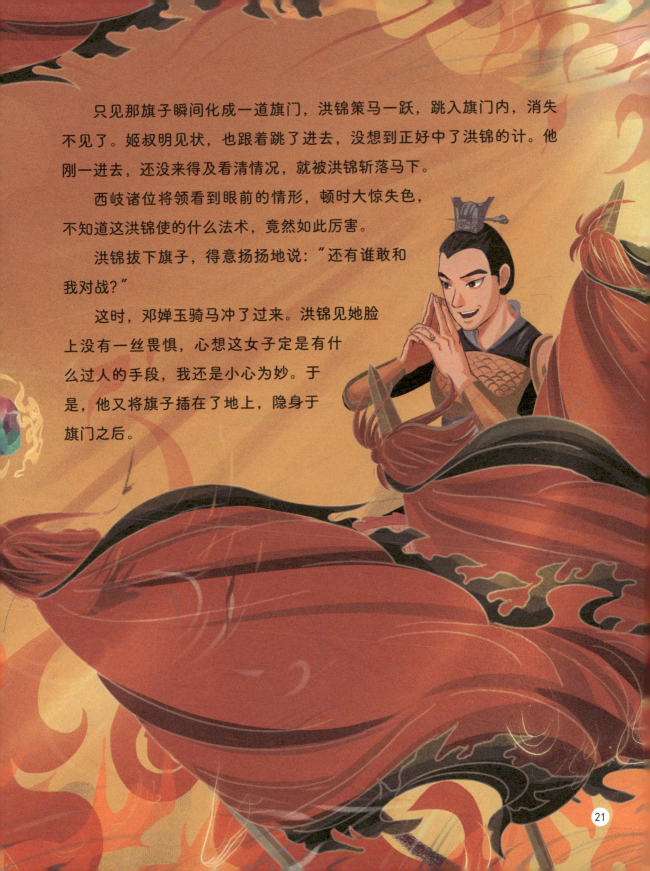

　　只见那旗子瞬间化成一道旗门，洪锦策马一跃，跳入旗门内，消失不见了。姬叔明见状，也跟着跳了进去，没想到正好中了洪锦的计。他刚一进去，还没来得及看清情况，就被洪锦斩落马下。

　　西岐诸位将领看到眼前的情形，顿时大惊失色，不知道这洪锦使的什么法术，竟然如此厉害。

　　洪锦拔下旗子，得意扬扬地说："还有谁敢和我对战？"

　　这时，邓婵玉骑马冲了过来。洪锦见她脸上没有一丝畏惧，心想这女子定是有什么过人的手段，我还是小心为妙。于是，他又将旗子插在了地上，隐身于旗门之后。

邓婵玉看了看眼前的旗门，心想这里面肯定有什么门道，所以她没有贸然闯进去，而是取出一枚五光石，扔进旗门。

　　洪锦躲在旗门里，正等着邓婵玉进来，没想到迎面就是一块石子打在脸上，立马被打得鼻青脸肿。洪锦受了伤，没有心思继续打仗，**气急败坏**地收兵回营了。

　　这时，凤凰山的龙吉公主来到西岐城。她是瑶池金母的女儿，知道西岐需要帮手，特意前来助阵。土行孙把洪锦的法术和她仔细说了一遍，龙吉公主听后，心里有了把握，说："他这是旗门遁，我自有办法破解！"

气急败坏 上气不接下气，狼狈不堪，形容十分慌张或恼怒。

　　第二天，当洪锦前来叫阵时，龙吉公主主动出城应战。两人没打几个回合，洪锦又一次使出旗门遁。龙吉公主也取出一面旗子插在地上，这面旗子也生成一道旗门，龙吉公主走进去便消失不见了。

　　洪锦在阵里等了很久，也没见对方进来，便好奇地探出头去，没想到这龙吉公主已经没了踪影。正在他观望之际，龙吉公主突然出现在他的身后，一剑刺中他的肩膀。

　　"哎哟！"洪锦大叫一声，知道自己中了对方的计，他顾不得查看伤口，赶紧骑马逃跑。龙吉公主在后面一路追赶，一直追到北海边。

　　洪锦见眼前海浪滔天，无路可逃，他取出宝物丢进海里，那宝物落入大海的一刹那，化为一条鲸龙，洪锦赶紧跳到龙背上，向大海深处游去。

　　龙吉公主追到北海，见洪锦乘着鲸龙逃跑了，连忙也取出一件宝物扔进大海，那宝物瞬间化作一条大鱼，驮（tuó）着龙吉公主前去追赶洪锦。很快，龙吉公主就捉住了洪锦，用绳子捆了他，并将他带到姜子牙的面前。

月老 民间又称月下老人，是汉族民间传说中主管婚姻的红喜神。

喜结连理 高兴地结合成恩爱夫妻。

就在这时，**月老**突然从天而降，来到西岐城内。他对龙吉公主说："你和洪锦之间有一段姻（yīn）缘，你们二人乃是天作之合呀！"

龙吉公主想了想，说："既然天意如此，那我听凭你来做主。"

姜子牙和月老见龙吉公主答应了，高兴极了，连忙给洪锦松绑，还为他治好了伤。

没过多久，洪锦便带兵归顺西岐，与龙吉公主**喜结连理**。

孔宣兵阻金鸡岭

一天，姜子牙奏（zòu）请姬发，粮草等物资都已准备充足，请求姬发率领大军，到**孟津**与天下诸侯会合，然后再去讨伐纣王。随后，姬发昭告天下，从此以后，西岐不再臣服于商，而以"周"为国号，并追封姬昌为周文王。

三天后，姜子牙奉姬发的命令，集合六十万大军，一行人浩浩荡荡向朝歌进发。很快，西岐军大举进攻的消息便传到朝歌，纣王派出三山关总兵孔宣前去征讨。

孟津 今属河南省洛阳市辖县。

雕虫小技 比喻微不足道的技能。

战场上，孔宣的背后闪烁着五道彩色霞光，看起来十分耀眼。洪锦再次使出旗门遁应战。

孔宣轻蔑（miè）一笑："你这雕虫小技岂不让人笑掉大牙？"

话音刚落，孔宣便操控背后的黄光从地上扫过，旗门阵瞬间消失了，就连阵里的洪锦也一起消失得无影无踪。

姜子牙和军中的将士们看得目瞪口呆，不知道对方使的是什么妖法。当天晚上，哪吒、黄天化和雷震子带着士兵前去营救洪锦，没想到孔宣早就在大营内等候。双方兵将打得激烈，孔宣却只在一旁静静观战。眼见西岐军就要占据上风了，孔宣突然"刷"的一下射出五色金光，劫持了哪吒和雷震子。这时，黄天化想要带兵从另外一侧偷袭大营，没想到却因高继能放出的蜈蜂丢了性命。

黄飞虎得知黄天化战死的消息后放声大哭，南宫适连忙上前劝慰："将军不要太过悲伤，**当务之急**是想办法对付高继能的蜈蜂袋。听说崇黑虎最擅长破解这些**旁门左道**，将军何不去请他来相助？"

黄飞虎擦干泪水，立刻赶往崇城。崇黑虎听了黄飞虎的诉说，二话没说当即跟随黄飞虎马不停蹄来到金鸡岭。

崇黑虎率领人马前去应战，几个回合过后，高继能又放出了蜈蜂。黑压压的蜂群扑面而来，吓得西岐的将士们赶紧掉转马头。

"不要慌，我自有办法！"崇黑虎从背后取出红葫芦，他揭开盖子，只见葫芦中冒出一股黑烟，无数铁嘴神鹰从里面飞出来，迅速将蜈蜂吃得一干二净。

看到这种情况，孔宣想："这个崇黑虎不简单，我得趁早下手，要是被他抓住就坏了！"于是，他急忙放出五道光华，将崇黑虎一行人捉了回去。

西岐一连损失了好几员大将，姜子牙心急如焚，却又不知该如何是好。第二天，杨戬、李靖、金吒、木吒几人前去应战，结果杨戬的哮天犬，还有李靖父子三人，连同他们的宝物一起都被孔宣身后的光华吸了去。好在姜子牙有杏黄旗护身，才得以保全。

正在姜子牙发愁的时候，一个瘦弱的道人前来拜访，他说："我是西方的准提道人，这孔宣与西方有缘，让我带他走吧！"

第二天，准提道人便去阵前劝说孔宣。孔宣听了他的话大笑起来，提起大刀向那道人砍去。

准提道人取出七宝妙树，将孔宣的武器一件接一件地收走，没过一会儿，孔宣便赤手空拳地站在那里了。这时，准提道人将宝杵（chǔ）放在孔宣的身上，说："请现出原形吧！"

霎时间，孔宣化成了一只红色的孔雀。它不再挣扎，乖乖随准提道人一起飞去西方了。

姜子牙连忙带人冲进敌方大营，救出了哪吒、雷震子等人，然后便离开金鸡岭，向汜（sì）水关进发。

三军共破汜水关

到达汜水关后，姜子牙下令兵分三路，由黄飞虎带兵攻打青龙关，洪锦带兵攻打佳梦关，而他自己则亲自带兵攻打汜水关。

佳梦关总兵胡升见洪锦来势汹（xiōng）汹，有了投降的打算，可是弟弟胡雷却不以为然："怕他们做什么？明天就让他们见识见识我的厉害！"

胡雷身怀绝技替身术，每次被对方捉住后，便使出替身术溜之大吉。洪锦捉住他几次，都让他逃跑了。后来龙吉公主看出了其中的门道，用法宝乾坤针将他就地正法。

就地正法 在犯罪的当地执行死刑。

　　胡雷的师父火灵圣母得知爱徒被害，火速赶往佳梦关，一心要为徒弟报仇。洪锦再次摆出旗门阵，没想到这火灵圣母法力非同寻常，她头上戴的金霞冠能射出三四十丈的金霞光。她在金光的掩护下，悄悄潜入阵内，趁洪锦不备，一剑刺穿了他的铠（kǎi）甲。随后，她又指挥三千火龙兵冲进西岐军的大营，瞬间军营内火光冲天。

　　眼看西岐军就要葬身火海，千钧一发之际，广成子及时赶来，用番天印打死了火灵圣母。

　　虽然危机解除了，但是广成子心里有点儿不踏实，心想，这火灵圣母乃是通天教主门下的弟子，自己打死了她，可别产生什么误会。于是，他便拿着火灵圣母的金霞冠去了碧游宫。

　　广成子将事情经过向通天教主讲了一遍，通天教主说："这也不能怪你，你去告诉姜子牙，如果我还有哪个弟子再去阻拦，尽管使出打神鞭，我绝不阻拦！"

　　广成子连连谢过通天教主，随后便离开了碧游宫，可是他万万没想到的是，通天教主的弟子早已对他们这群人恨之入骨，他前脚刚一走，弟子们就马上到通天教主那里告状。

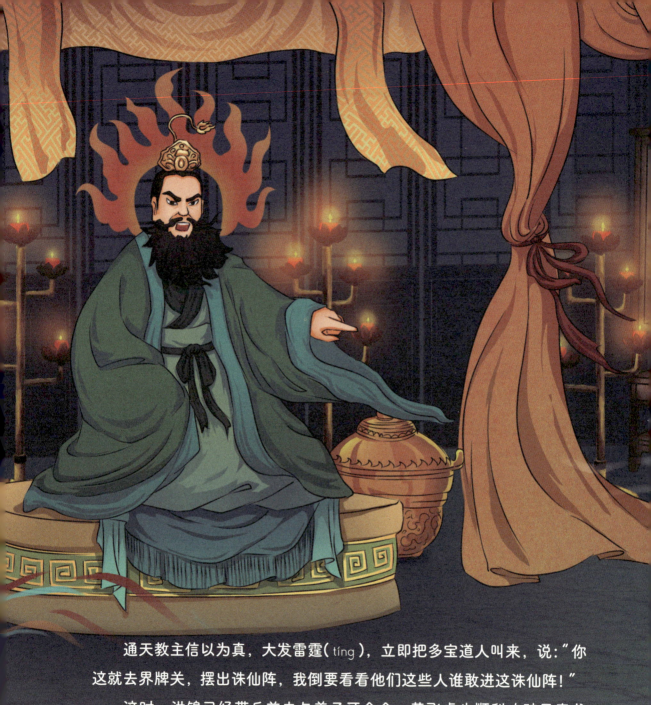

　　通天教主信以为真，大发雷霆（tíng），立即把多宝道人叫来，说："你这就去界牌关，摆出诛仙阵，我倒要看看他们这些人谁敢进这诛仙阵！"

　　这时，洪锦已经带兵前去与姜子牙会合，黄飞虎也顺利攻破了青龙关，于是，三路兵马又重新并为一路，共同攻打氾水关。

　　氾水关总兵韩荣派余化出战，余化手中有一把化血神刀，刀刃上涂有毒药，无论是谁，只要被这刀砍伤，便会中毒。

交战中，哪吒、雷震子还有杨戬都被余化的化血神刀砍伤了。杨戬听说只有余化的师父余元那里有解药，他灵机一动，化成余化的模样，从余元那里讨回了解药，治好了三人的刀伤，随后他们又一起上阵除掉了余化。

余元得知真相后勃然大怒，亲自下山来到韩荣的大营，对韩荣说："这个杨戬，偷了我的仙丹不说，竟然还杀了我徒弟，明天我就去把他捉来！"

余元骑着金眼蛇前去叫阵，不想刚一上战场，就被姜子牙用打神鞭打得落荒而逃。

在一旁观战的土行孙看到金眼蛇，不由得两眼放光，心想："这宝贝坐骑要是我的就好了！"当天晚上，土行孙便悄悄潜入纣王大营内去偷金眼蛇。

没想到，土行孙在余元的大营刚一露头，就被人用袋子罩住抓了起来。好在师父惧留孙及时出现，救了他一命。

第二天，余元来到阵前，指名道姓要惧留孙出来应战。惧留孙知道余元有些道行，很难正面取胜，便趁余元不注意，抛出捆仙绳将他擒了回来。

虽然余元被捆住手脚，但脸上却没有一丁点儿畏惧的神色，他自恃（shì）有金刚不坏之身，任凭刀砍斧剁（duò），也不能损伤他分毫。

这时，陆压拿着宝葫芦来到大营。余元看到宝葫芦，突然变了脸色，浑身发起抖来，连连跪地求饶。

陆压没有理会他，他打开宝葫芦，只见葫芦中升起一道白光，将余元吸了进去。

见余元已死，韩荣也没有心思再打下去，带领兵将弃城而去。

人物档案

惧留孙
元始天尊的十二弟子之一，修行于夹龙山飞云洞。拥有独门绝学地行术，能够迅速地在地下穿行，来去无踪。法宝有捆仙绳和如意乾坤袋等。

殷郊
商纣王的嫡长子，师从阐教仙人广成子。奉广成子之命，下山协助周武王姬发克殷。在半路遇申公豹，在其撺掇之后叛变倒戈。

殷洪
商纣王的嫡次子，师从阐教仙人赤精子，继承了赤精子所传的法宝和道术。

赤精子
元始天尊的弟子之一，修行于太华山云霄洞。他身负绝技，擅长使用法宝阴阳镜，能够将照到之人杀死或复活。

广成子
元始天尊的大弟子，修行于崆峒山，他法力高强、智慧过人，位列十二金仙之首。

申公豹
《封神演义》中的反派人物，他是元始天尊的弟子之一，有法宝开天珠，坐骑是白额虎。

洪锦
截教弟子，曾任殷商三山关第三任总兵，领兵征伐西岐。因兵败而投降了周，后与瑶池金母的女儿龙吉公主成婚。

孔宣
殷商三山关第四任总兵，后调往镇守金鸡岭，独门本领是五色神光。

了不起的中国传统文化 美绘版

趣读封神演义

6

何家欢/编著　布谷插画/绘

山西出版传媒集团　三晋出版社

图书在版编目（CIP）数据

趣读封神演义：何家欢编著；布谷插画绘 . -- 太
原：三晋出版社，2024.1
　　（了不起的中国传统文化：美绘版）
　　ISBN 978-7-5457-2798-2

　　Ⅰ.①趣… Ⅱ.①何… ②布… Ⅲ.①《封神演义》
—少儿读物 Ⅳ.① I242.4

中国国家版本馆 CIP 数据核字 (2024) 第 033431 号

趣读封神演义（全 6 册）

编　　著：何家欢
绘　　者：布谷插画
责任编辑：薛勇强
助理编辑：张靖爽

出 版 者：山西出版传媒集团·三晋出版社
地　　址：太原市建设南路 21 号
电　　话：0351—4956036（总编室）
　　　　　0351—4922203（印制部）
网　　址：http://www.sjcbs.cn

经 销 者：新华书店
承 印 者：雅迪云印（天津）科技有限公司

开　　本：787mm×1092mm　1/16
印　　张：15
字　　数：225 千字
版　　次：2024 年 1 月 第 1 版
印　　次：2024 年 6 月 第 1 次印刷
书　　号：ISBN978-7-5457-2798-2
定　　价：158.00 元（全 6 册）

如有印装质量问题，请与本社发行部联系　电话：0351—4922268

目录

四教主合力破诛仙

姜子牙带着人马来到界牌关，只见多宝道人已在那里摆开了诛仙阵。阵中烟雾缭（liáo）绕，弥漫着一股杀气。

就在这时，通天教主和元始天尊同时驾临界牌关。元始天尊问通天教主："师弟，封神榜是当初咱们商量好的事，你如今为何又出尔反尔？"

通天教主说："去问问你的好徒弟广成子吧，要不是他辱（rǔ）骂我门下弟子，我才懒得管这闲事！"

元始天尊说："广成子不会这么做，其中怕是有什么误会。"

通天教主"哼"了一声，说："少废话，咱们进阵一较高下。"

这时，老子从天而降，前来助元始天尊一臂之力。老子让通天教主先入阵，自己则打开太极图，太极图变成一座金桥，他骑牛从桥上走进阵中。

老子和通天教主在阵内大战。老子虽然**技高一筹**（chóu），但是这诛仙阵十分精妙，想要破阵也不是件容易的事。不一会儿，老子便从阵中退了出来，他对元始天尊说："要破这诛仙阵，需要四个法力高强的人。"

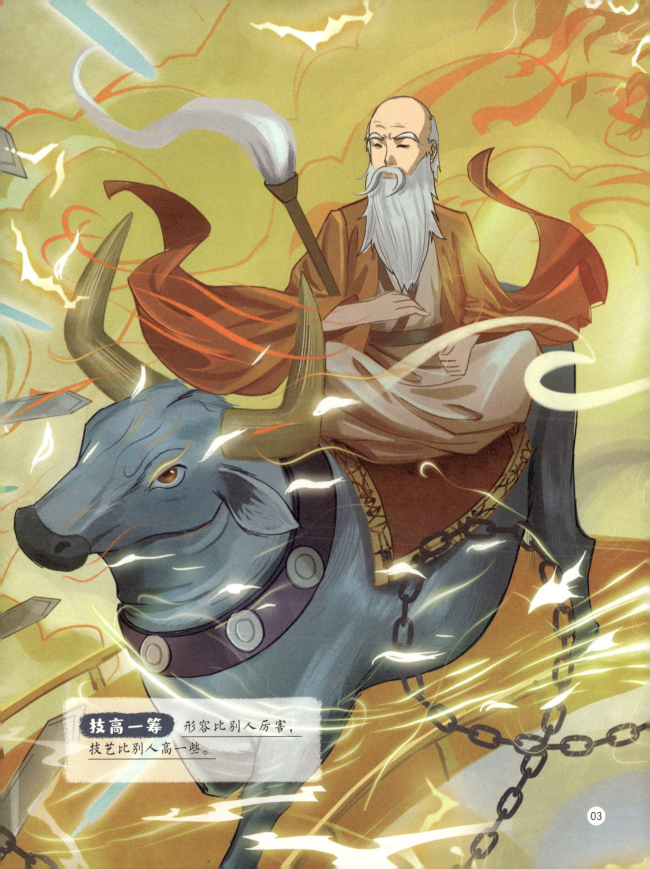

技高一筹 形容比别人厉害，
技艺比别人高一些。

这时，西方的准提道人和接引道人得到消息，特意前来助阵，正好凑齐了四个人。元始天尊又召来自己的五个弟子，告诉他们明天听令行事。

第二天，他们一起来到诛仙阵前，随通天教主一同走进阵中。

通天教主施法震动阵中的四把宝剑，元始天尊、老子、准提道人、接引道人分别站在四把宝剑之下，四把宝剑虽然悬在空中，却不能伤他们分毫。

通天教主见四柄宝剑派不上用场，抄起兵器就向接引道人刺去。其他三位教主连忙上前阻挡。老子举起拐杖，元始天尊挥动三宝如意，准提道人现出法身，生出二十四个头、十八条手臂。通天教主被他们围在中间，没有一点还击之力，情急之下便要借土遁逃跑。

　　燃灯道人在阵外看出他的意图，连忙扔出定海珠，将通天教主又打回阵中。这时，赤精子趁机跑进去，摘下了四把宝剑。瞬间，诛仙阵不攻自破。

　　界牌关总兵徐盖见诛仙阵已破，只好带兵投降。

　　姜子牙乘胜带兵来到穿云关。镇守穿云关的主将是徐盖的弟弟徐芳，他派龙安吉前去迎战，西岐军一方则派出了黄飞虎。龙安吉知道黄飞虎枪法精湛（zhàn），自己不是对手，一上战场便亮出了法宝四肢酥（sū）。这四肢酥由两个铁环相扣而成，黄飞虎听到铁环发出叮叮当当的响声，顿时四肢瘫软，没了力气，被擒了去。

洪锦急忙前去营救黄飞虎，没想到也着了四肢酥的道，被一同擒了去。

哪吒情急之下也跟着冲了上去，好在他是莲花化身，四肢酥对他根本不起作用。他哈哈一笑，说："你这是什么东西！还是来尝尝我的厉害吧！"说罢便将手中的乾坤圈扔了出去，把龙安吉打落马下。

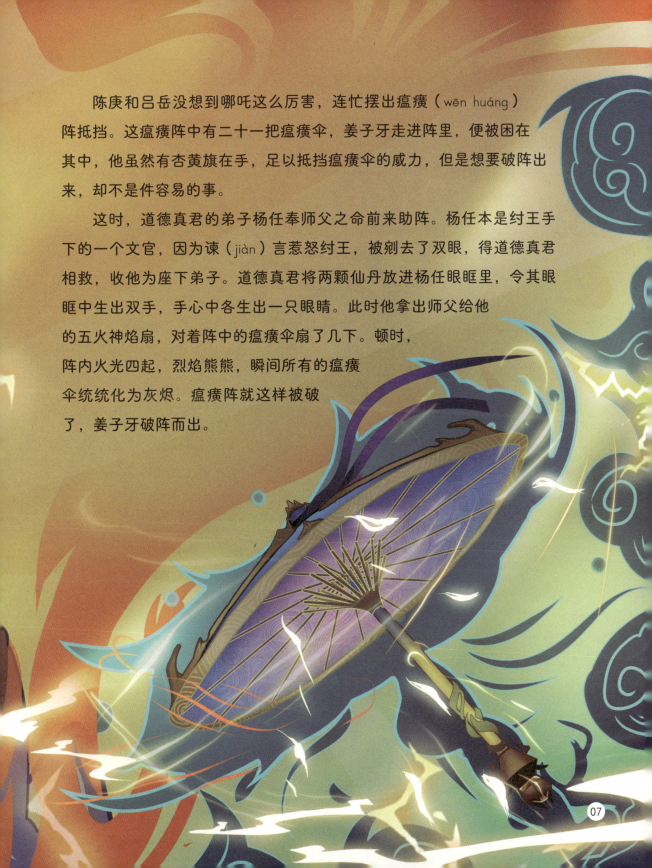

　　陈庚和吕岳没想到哪吒这么厉害，连忙摆出瘟癀（wēn huáng）
阵抵挡。这瘟癀阵中有二十一把瘟癀伞，姜子牙走进阵里，便被困在
其中，他虽然有杏黄旗在手，足以抵挡瘟癀伞的威力，但是想要破阵出
来，却不是件容易的事。

　　这时，道德真君的弟子杨任奉师父之命前来助阵。杨任本是纣王手
下的一个文官，因为谏（jiàn）言惹怒纣王，被剜去了双眼，得道德真君
相救，收他为座下弟子。道德真君将两颗仙丹放进杨任眼眶里，令其眼
眶中生出双手，手心中各生出一只眼睛。此时他拿出师父给他
的五火神焰扇，对着阵中的瘟癀伞扇了几下。顿时，
阵内火光四起，烈焰熊熊，瞬间所有的瘟癀
伞统统化为灰烬。瘟癀阵就这样被破
了，姜子牙破阵而出。

大破万仙阵

姜子牙一行人攻破穿云关，又闯过潼关，随后来到了万仙阵前。

万仙阵里集合了截教一众弟子，通天教主坐镇其中，乌云仙、虬（qiú）首仙、灵牙仙、金光圣母、龟灵圣母先后出战，

元始天尊和老子则派出阐教
弟子入阵迎战。几轮对战过后，截教
弟子纷纷被打回原形，有的变成鳌（áo）鱼，
有的变成白象，还有的变成乌龟……

　　通天教主见徒弟们接连失败，连忙启动了万仙阵。阵中二十八位
截教弟子纷纷现出原形，准备和阐教弟子拼个你死我活。

　　老子一声令下，阐教弟子冲入阵中，一时间阵中昏天暗地，双方
打成一团。

　　这时，广成子等四人飞到空中，亮出诛仙剑、戮（lù）仙剑、陷仙
剑和绝仙剑四柄宝剑，瞬间这万仙阵便被一团黑气笼罩，截教弟子纷
纷倒在四柄宝剑之下。

　　通天教主见弟子一个接一个倒下，死的死，伤的伤，心中悲愤难
当，大喊："长耳定光仙，快拿六魂幡！"

　　可是他无论怎么喊，都没人回应。通天教主知道再这样打下
去吃亏的肯定是自己，就急忙跳出万仙阵。其他弟子也跟着
一起逃了出来。

　　这时，天空中出现一朵祥云，空气中弥漫着一股特殊的香气。通天教主抬头一看，原来是师父鸿钧老祖驾临，他急忙迎上前去。

　　通天教主向师父说："两位师兄不顾师门情义，屡屡伤害我门下弟子，请师父为我做主！"

　　鸿钧老祖早就知晓了事情的原委，数落道："封神榜明明是当初你和你师兄商量好的事，为什么你又出尔反尔呢？要不是你的弟子再三为难姜子牙，又怎会落得如此下场？这都是你这做师父的没有管教好徒弟的缘故！"

　　通天教主认真听着师父的教训，惭愧地低下了头。

　　鸿钧老祖见通天教主已经认识到了自己的错误，便带他来到元始天尊和老子的面前，说："我今天来就是为了化解你们之间的矛盾，这个事情是通天的错，都是他听信弟子的谗（chán）言，才导致今天的局面。不过他已经诚心悔过，你们也就不要再追究啦。"

　　老子连忙点头称是，鸿钧老祖见矛盾已经化解，便带着通天教主离开了。

随后，老子和各位阐教道人也一一告别姜子牙，各自打道回府。元始天尊带着白鹤童子，驾着祥云飞向玉虚宫。半路上，他看见申公豹正骑着老虎走在路边，便命黄巾力士将申公豹抓回去，塞进了北海之眼。

姜子牙带兵驻扎在临潼关，临潼关守将欧阳淳（chún）见取胜机会渺茫，一边闭关不出，一边派人去朝歌求援。

纣王命邓昆和芮（ruì）吉前去救援，邓昆很清楚黄飞虎投靠西岐的原因，如今见黄飞虎在西岐很受重用，也动了投靠的心思。

有了这个想法后，他悄悄试探了一下芮吉的口风，没想到芮吉见姜子牙把军队治理得**井井有条**，百姓们对武王姬发又十分拥戴，也有了投靠之心。

两人**一拍即合**，正商量怎么向姜子牙送信时，一个小矮人突然从地下冒出头来，吓了他们俩一跳。

此人正是土行孙，他对二人说："两位不必惊慌，我是姜子牙丞相手下的押粮官土行孙，奉命前来打探消息。你们刚才说的话我都听到了，我这就回去禀（bǐng）报元帅！"

两人连连谢过土行孙。第二天，他们带兵斩杀了欧阳淳，带领众将士归顺西岐。

井井有条 形容条理分明，丝毫不乱。

一拍即合 一打拍子就合上了曲子的节奏。比喻双方意见很容易一致，也比喻因情意相投或有利害关系，一下子就说到一起或结合在一起。

渑池之战

姜子牙带兵在潼关休息了几天，然后继续前行赶往渑（miǎn）池。

镇守渑池的大将张奎（kuí）亲自率兵迎战。他的坐骑名叫独角乌烟兽，奔跑起来像闪电一样迅速，其他神兽很难跑过它。

张奎一上战场，便将武王的弟弟姬叔升斩落马下。姜子牙连忙派出崇黑虎、黄飞虎等五员大将出营应战。两方大战了三四十个回合，还是难分高下。崇黑虎想放出神鹰来捉张奎，但张奎的乌烟兽快如闪电，他还没来得及打开葫芦，就被张奎斩落于坐骑之下。很快，另一员大将文聘（pìn）也被张奎斩杀。

　　这时，张奎的夫人高兰英也过来帮忙，她掷（zhi）出四十九根太阳金针，射伤了黄飞虎、崔英和蒋雄的眼睛，张奎趁机将他们三人一一斩杀。

　　五人战死的消息传回营中，姜子牙悲痛万分，他没想到一个小小的渑池，竟然让他损失了这么多员大将。

　　杨戬强忍着心中的悲痛，冷静地回想了一下几人作战的场景，终于看出了其中的端倪。第二天，他上场应战时，假装被张奎俘获，夜里则悄悄施展法术，杀掉了张奎的宝贝坐骑。

得知张奎的乌烟兽已死，姜子牙心中便有了计策。第二天，姜子牙相约武王一起走出营地，他们来到城门之下，故意抬头张望，指指点点。张奎见他们如此不把自己放在眼里，顿时气不打一处来，立刻率兵出城要杀掉姜子牙。

张奎不知道自己这一出城，正中了姜子牙的计谋。他前脚刚一出城，哪吒和雷震子后脚就攻进城来，占领了渑池。

　　失去乌烟兽的张奎哪里追得上姜子牙。姜子牙骑马跑了一会儿，见哪吒已经拿下渑池，便停下来对张奎说："渑池已经被我们占领了，你快快束手就擒吧！"

　　张奎回头一看，才知道自己中计了，他慌忙跳下马，钻入地下逃跑了。他一路逃到黄河大道旁，没想到杨任和韦护早就守在那里，待他一出现，韦护就立刻用手中的降魔杵（chǔ）将他击毙。

　　得胜的消息传回营中，营内一片欢腾。几天后，姜子牙和武王继续率兵向朝歌进发。他们来到黄河边，见河水波涛汹涌，便向岸边的百姓借了一些船过河。

　　姜子牙和武王乘着龙舟来到河中央，龙舟在河水中起起浮浮，这时一条白鱼突然跳进舟中。

武王看见白鱼感到很是惊奇，急忙问姜子牙："这是有什么预兆吗？"

姜子牙笑着说："武王，这可是大大的好兆头啊，你将会推翻纣王，统一天下！"

他们刚刚渡过黄河，天下诸侯就已得知消息，纷纷前来迎接。武王随他们一同来到孟津城，大家请武王上座，一众诸侯跪拜请求说："请大王带领我们推翻纣王的统治，解救百姓于水火之中！"

武王急忙推辞，诸侯们却纷纷劝说道："如今纣王昏庸，天下**人心惶**（huáng）**惶**，我们带兵来到这里，一直不敢**轻举妄动**，就是为了等武王带领我们一起讨伐纣王，推翻暴政！"

武王见大家心意已决，便不再推辞，决心带领大家一同挺进朝歌。

人心惶惶 人们心中惊惶不安。

轻举妄动 没有经过仔细考虑，就轻率地行动。

杨戬收七怪

西岐军攻取临潼关、到达渑池的消息传到朝歌，纣王大吃一惊，没想到对方竟如此迅速，可是眼下他已经没有什么得力之人可以派去迎战了。

纣王只好在朝歌城内张榜**招贤纳**（nà）**士**。没过几天，便有三个人揭（jiē）榜前来。这三人来自梅山，分别叫袁洪、常昊（hào）和吴龙，他们扬言自己可以捉住姬发。纣王一听高兴极了，立马册封袁洪为元帅，吴龙和常昊为先行官，率领二十万人马，前去讨伐西岐军。

袁洪早就得到各路诸侯已经齐聚孟津的消息了。他带领人马来到孟津，命常昊和吴龙出战。这常昊和吴龙并非凡人，他们一个是蛇精，一个是蜈蚣（wú gōng）精，虽然他们打起仗来没有什么真本领，但是他们吐出的妖气却令诸侯们无法抵挡。很快，前去迎战的两位诸侯便被妖气迷晕。

姜子牙看出袁洪他们不像凡人，便派哪吒和杨戬前去应战，两人三下五除二就将袁洪他们打得落荒而逃。

袁洪回到营中，正发愁该如何对付姜子牙，就在这时，朝歌的救兵到了。原来在他们走后，又有两人揭了榜：一个是桃树精，名叫高明；另一个是柳树精，名叫高觉。两人奉纣王之命前来相助。

招贤纳士 招收、接纳有才华的人。

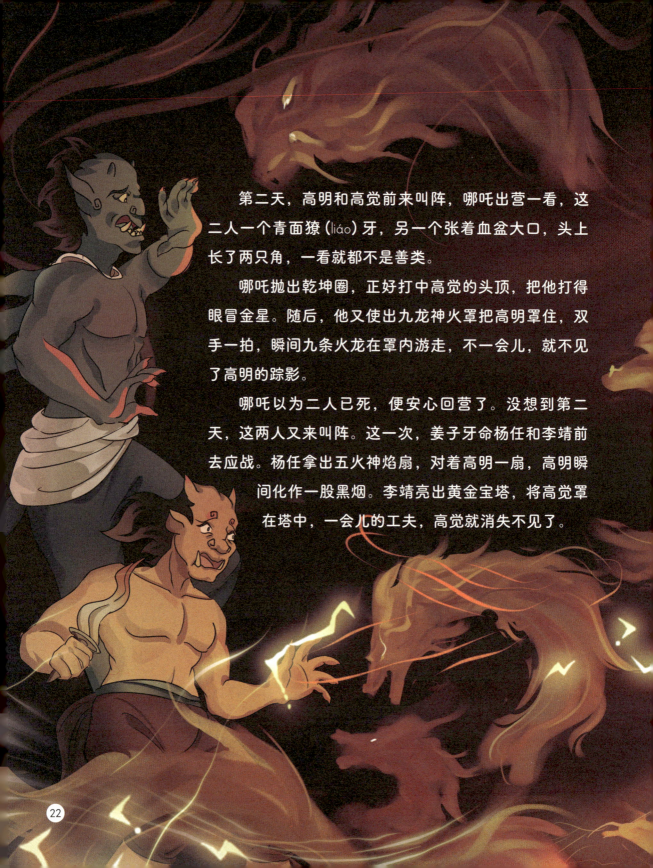

第二天，高明和高觉前来叫阵，哪吒出营一看，这二人一个青面獠（liáo）牙，另一个张着血盆大口，头上长了两只角，一看就都不是善类。

哪吒抛出乾坤圈，正好打中高觉的头顶，把他打得眼冒金星。随后，他又使出九龙神火罩把高明罩住，双手一拍，瞬间九条火龙在罩内游走，不一会儿，就不见了高明的踪影。

哪吒以为二人已死，便安心回营了。没想到第二天，这两人又来叫阵。这一次，姜子牙命杨任和李靖前去应战。杨任拿出五火神焰扇，对着高明一扇，高明瞬间化作一股黑烟。李靖亮出黄金宝塔，将高觉罩在塔中，一会儿的工夫，高觉就消失不见了。

姜子牙见宝物对这些人不起作用，思量许久，心中又有了计策，对杨戬等人说道："他们身上都有妖气，待我排兵布阵，你们把他们引入阵中，这样我就能用阵法镇住他们的妖气！"

但是姜子牙不知道高明、高觉有千里眼和顺风耳，千里之外也能将他们的消息打探得一清二楚。第二天他们非但没有中计，反而打了个大胜仗。

杨戬看在眼里、急在心上，急忙前往金霞洞向玉鼎真人求助。

玉鼎真人告诉杨戬："这高明、高觉本是桃树精和柳树精，又有轩辕庙的泥塑二鬼作为依托，所以才有如此本领。不过想要对付他们倒也不难，只需到棋盘山上挖掉桃树和柳树的根，再打碎轩辕庙里的泥塑二鬼就可以了。"

杨戬返回营中后，先找来三千士兵将营帐围住，在军营外摇旗打鼓，用来骗过对方，然后才把自己打探来的方法告诉姜子牙。姜子牙听后大喜，立即命李靖和雷震子前去办理此事。高明、高觉果然被除。

杨戬又去玉柱洞，向云中子借来了照妖鉴，专门来对付袁洪等人。经照妖鉴一照，常昊很快就显现出原形，变成了一条大白蛇，准备攻击杨戬。杨戬摇身一变，化作一只会飞的蜈蚣，还带有两只大钳子，它飞

到白蛇近前将大白蛇剪成了两段。吴龙被照妖鉴一照也现出原形来，原来是一只蜈蚣。杨戬为了对付他，化作一只大公鸡，将蜈蚣的身体啄成了好几段。

袁洪一连失去两员大将，心中很是气恼，这时一个道人前来求见，他向袁洪介绍说："我乃梅山朱子真，今天是来帮助元帅讨伐西岐的。"袁洪一听高兴极了，急忙命人设宴款待。

第二天，朱子真带兵前去叫阵，杨戬拿出照妖鉴一照，发现朱子真竟然是一头猪。他挥舞着大刀冲上前去，朱子真抵挡不过，只好现出原形，一口将杨戬吞了进去。

当天夜里，朱子真的肚子突然疼了起来，杨戬在他的肚子里说："朱子真，你速速现出原形去周营，否则你的心、肝、肺可就保不住了！"

朱子真疼痛难忍，听他一说更是吓出一身冷汗，只好变成一头猪，摇摇晃晃向周营走去。

朱子真刚到周营门口，杨戬便喊来南宫适，拿下了朱子真。

智取游魂关

正在袁洪发愁郁闷的时候，又有几位援兵前来助力，他们都是来自梅山的精怪，分别是山羊精杨显、狗精戴礼和水牛精金大升。

杨戬先是化作猛虎，除掉了杨显。随后，他又放出哮天犬，紧紧咬住戴礼，自己则趁机挥刀斩下他的狗头。正当他打算去收拾金大升的时候，女娲娘娘突然从天而降，对杨戬说："我来帮你降服这个妖怪吧！"说罢，便命身边的童女捉住金大升，将它变回原形，让杨戬带回周营。

女娲娘娘又交给杨戬一幅图，对他说："等你去对付袁洪的时候，这幅山河社稷（jì）图会助你一臂之力！"

当天夜里，姜子牙、杨戬便带人杀进纣营去捉拿袁洪。袁洪和杨戬各自使出本领，两人大战三十回合，仍未分出胜负，袁洪心想："与其在这里和他纠缠，不如把他引入梅山，等到了我的地盘，看他还能逃出我的手掌心吗！"

于是，袁洪化作一道金光向梅山奔去，杨戬借土遁之术紧跟其后。到了梅山脚下，杨戬四处张望，却不见了袁洪的踪迹，他借神光定睛一看，发现路边的石头竟是袁洪变的。杨戬立马变成石匠，拿起锤（chuí）子就要敲袁洪，哪想锤子还没落下，袁洪便化为一缕清风，飘进了梅山。

这时，杨戬突然想起了女娲娘娘交给自己的山河社稷图，他展开此图，瞬间画中的山河便幻化出梅山中的景致。杨戬继续寻找袁洪，遇见袁洪后，他假装被打得落荒而逃，趁机将他带进了山河社稷图。

　　袁洪进图之后，发现四周的景物变幻莫测，想到什么，便会出现什么，不知不觉间袁洪现出了原形——一只猿猴。这时的袁洪又累又渴，心想要是能吃个桃子该有多好！刚想到这儿，他的眼前便出现了一棵桃树，上面挂着一个又大又香的桃子。

　　袁洪急忙摘下桃子，狼吞虎咽地吃了下去，吃完便靠在石头上休息。这时，杨戬追来，袁洪想要起身却发现身子竟然动不了了。杨戬捆了袁洪，收起山河社稷图，将他带回大营。

　　姜子牙处置了袁洪后，想要带领西岐军和各路诸侯继续向朝歌挺进，但这时却接到消息，东伯

侯姜文焕（huàn）被阻挡在游魂关外，一直没办法和大家会合。于是，姜子牙便派金吒和木吒带兵前去帮助姜文焕入关。

一路上，兄弟二人商量对策。金吒说："如果咱们和游魂关的主将正面交锋，恐怕很难取胜，不如咱们先假扮成截教的人，说要帮助他们讨伐西岐军，然后和姜文焕里应外合，夺下游魂关。"木吒一听，觉得这个计策可行。

于是，金吒和木吒一边命人去给姜文焕送信，一边来到游魂关主将窦（dòu）荣的府上。他们谎称自

己是东海蓬莱（péng lái）岛的道人，为了帮惨死在万仙阵的师叔报仇，特意前来帮助窦荣。

窦荣见两人说话的语气很诚恳，不像说谎的样子，便让他们留下来帮忙一起抵挡姜文焕。

第二天夜里，姜文焕带兵前来攻关，金吒对窦荣说："他们攻势凶猛，眼下我们不如将计就计，打开城门冲出去，到时候我再用宝物收拾他！"

窦荣觉得这个方法可行，就让木吒留在城内守关，自己则和金吒一同冲出城去。

城门一开，两军登时打得天昏地暗，金吒趁窦荣不备，用遁龙桩将他牢牢困住，姜文焕挥刀将窦荣斩落马下。镇守游魂关的士兵见主将已死，纷纷四散而逃。木吒趁机打开城门，迎接姜文焕。

东伯侯带兵通过游魂关，来到孟津与姜子牙会合。姜子牙整顿人马后，立即带领天下诸侯和一众将士前往朝歌。

姜子牙封神

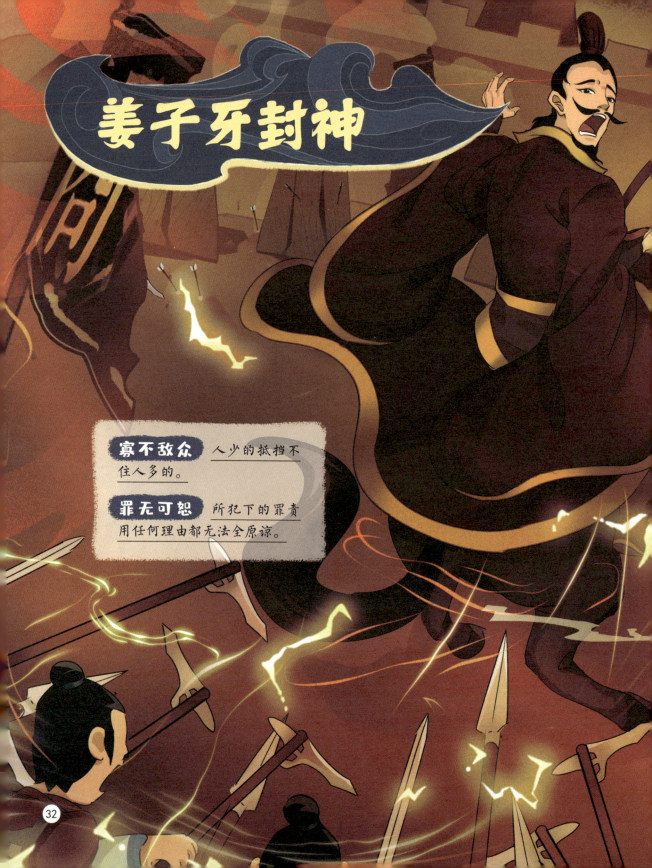

寡不敌众 人少的抵挡不住人多的。

罪无可恕 所犯下的罪责用任何理由都无法全原谅。

纣王正在和妲己喝酒，突然听到城中喊杀声震天，急忙问手下是怎么回事。不一会儿，有人来报，说是姜子牙已经带领各路诸侯兵马进了朝歌城。

　　纣王手下已无兵将，只好亲自带军冲了出去，由于**寡**（guǎ）**不敌众**，很快纣王身边的兵将就所剩无几。

　　纣王见对方人多势众，赶紧策马逃回宫中。他见妲己和喜媚迎上前来，不由得心中一阵酸楚，哽咽（gěng yè）着说："以前是我小看了姬发和姜子牙，如今落得今天这步田地，我有什么脸面去见列祖列宗？姜子牙他们马上就会攻进来，我宁愿一死，也不能让他们把我抓去，你们能走就快走吧！"

　　妲己和喜媚抓着纣王的袖子，不忍分别。纣王叹了口气说："这就是我的命运吧，事已至此，你们还是快走吧！"说罢便推开她们的手，一个人向摘星楼走去。

　　妲己和喜媚商量着想要回老家轩辕坟。就在这时，女娲娘娘突然驾临，两人急忙跪倒在地。妲己说："娘娘，我们已经按你的吩咐完成了任务。"

　　女娲娘娘说："我命你们加速殷商的灭亡，是因为殷商气数已尽，可是你们二人却滥杀无辜、残害生灵，实在是**罪无可恕**，理应正法！"

　　女娲娘娘说罢，便命童女将她们绑住，送去姜子牙的军营接受处置。

纣王一个人走上摘星楼，想到自己曾经和妲己一起在这里饮酒作乐，如今却落得如此下场，就心如刀绞（jiǎo）。

　　忽然间，他仿佛听到有人在耳边哭泣，仿佛是那些死去的冤魂在向他索命。纣王知道自己所剩的时间不多了，他用火把点燃了摘星楼，在火海中自焚而亡。

　　纣王死后，朝歌的侍卫打开宫门，迎接武王一行人。

　　武王来到鹿台之上，看到这里到处都是纣王四处搜刮来的奇珍异宝，不由得感慨（kǎi）道："纣王如此奢靡（shē mí），百姓有苦难言，不如把这些财宝都分给天下百姓吧！"

　　姜子牙说："大王，你这样做，真是天下百姓的福气呀！"

　　在一众诸侯的拥戴下，武王登基为天子。武王即位后，宣布大赦（shè）天下，百姓无不欢呼雀跃。诸侯们纷纷带兵回到各自的封地。武王命自己的弟弟管叔鲜、蔡叔度管理朝歌，然后带领大军返回西岐。

　　到达西岐后，姜子牙马上奏请武王："大王，如今天下已定，那些阵亡的将士和道人们也该受到追封，请允许我去昆仑山拜见师尊，领取玉牒（dié）和金符，早日让他们各归其位！"

　　得到武王的允许后，姜子牙便开始着手封神事宜。

这天，空中传来阵阵仙乐，香气缭绕中，白鹤童子降临，他正是奉元始天尊之命，为姜子牙送来了玉牒和金符。

　　姜子牙恭敬地将玉牒和金符接在手中，随后，他沐浴更衣，设案焚香，准备一番后，他左手拿着杏黄旗，右手拿着打神鞭，命人将封神榜张挂在封神台上。

　　姜子牙高声宣读了元始天尊的封诰（gào），封柏（bǎi）鉴为三界首领，命他手持百灵幡站在封神榜下。

　　柏鉴挥动百灵幡，将封神榜上阵亡的将士和道人们的灵魂一一引到封神台下，姜子牙对榜上的黄飞虎、黄天化、崇黑虎、土行孙等三百六十五人进行了封神。

　　封神完毕后，姜子牙又奉武王之命对天下诸侯进行分封。

　　这时，杨戬、李靖前来向武王辞行，他们说："我们都是山野村夫，过惯了**闲云野鹤**的生活，得知西岐有难前来相助，如今天下已定，我们的使命也就完成了，请大王允许我们各自回山。"

闲云野鹤　生活闲散、脱离世事的人。

武王见李靖等人去意已决，也不再挽留，依依不舍地同他们告别。这时，姜子牙完成了诸侯分封之事，也前来向武王辞别。武王率领文武百官将他送到城边，姜子牙连连拜谢武王的知遇之恩，随后便带着封赏去了齐国封地。

后来，武王迁都镐（hào）京（今陕西西安）。在周公旦和召公奭（shì）的辅佐下，周朝四海清平，百姓安居乐业。

人物档案

通天教主
截教教主，老子和元始天尊的师弟。他创立了截教，是截教的最高领袖。

元始天尊
阐教教主，也是鸿钧老祖的弟子之一，与老子和通天教主同出一门。他拥有神通广大的本领，法力无边，在阐截两教的斗争中发挥了重要作用。

鸿钧老祖
老子、元始天尊和通天教主的师父，也是道教的至高神之一。他教导了三位弟子，分别是老子、元始天尊和通天教主，他们分别创立了人教、阐教和截教，成为道教的三大派系。

梅山七怪
由七种动物修炼成精的妖怪。首领是白猿（袁洪），其他六怪本相分别是狗（戴礼）、水牛（金大升）、野猪（朱子真）、蜈蚣（吴龙）、白蛇（常昊）和山羊（杨显），各自有着不同的特点和本领。

金吒
托塔天王李靖的长子，师从文殊广法天尊，法宝遁龙柱。

杨任
原为殷商之臣，因为谏言惹怒纣王，被挖去了双眼，幸亏得道德真君相助，道德真君将两颗仙丹放于他的眼眶里，使他眼框中生出双手，每只手心中又各生出一只眼睛。

木吒
托塔天王李靖的次子，师从普贤真人，法宝吴钩剑。